#Annoyomics

Gestión 2000

Risto Mejide

#Annoyomics

El arte de molestar para ganar dinero

Gestión 2000

Gestión 2000 es un sello editorial de Centro Libros PAPF, S. L. U.
Grupo Planeta
Av. Diagonal, 662-664
08034 Barcelona

www.planetadelibros.com

Diseño de la cubierta: Charlie García de Castro
Imagen de cubierta: © Xavier Vila

ISBN: 978-84-9875-208-3
Depósito legal: B.22.195-2012
Primera edición: noviembre de 2012
Segunda edición: diciembre de 2012
Tercera edición: diciembre de 2012
Preimpresión: Víctor Igual, S. L.
Impreso por EGEDSA

Impreso en España - *Printed in Spain*

A Marc Solanas, Marc Ros, Álex Llovet,
Iván de Cristóbal, Franc Carreras y Juanjo Casañas.
Por llevar tantos años disculpando mis molestias.

Sumario

Agradecimiento

Toda la gente a la que debo este libro —que es mucha— entenderá que se lo agradezca sólo a una persona.

Gracias, Virginia Caro, por esa labor documental y de investigación, por todas esas entrevistas, pero también por todos estos años, por hacerme parecer siempre más de lo que realmente soy, por ese apoyo infinito, por ese saber estar, por abrirme cada día una puerta, pero sobre todo por saber cuándo cerrarla, por ese don de gentes que yo jamás tendré y por esa sonrisa que sólo tú le has sabido poner a estos últimos doce meses.

Podremos con todo.

Ya verás.

Prólogo

Al empezar las conferencias, muchas veces digo que soy amigo de Risto. Esto provoca dos reacciones: una, de asombro/incredulidad/consternación por parte de los asistentes, que piensan que ya no soy el de antes y que algo preocupante me ha ocurrido recientemente. Otra, la del propio Risto, que me suele decir: «No digas eso, que te desprestigias».

Cuando Risto, en una comida que él calificó de «mítica», por los comensales y por los temas que tratamos, me habló de su próximo libro, tuve un ataque de imprudencia juvenil y me ofrecí a prologárselo. Me miró con cara de «¿Sabrá éste dónde se mete?» y lo intenté arreglar. Le dije que si él me decía que yo podía prologarlo, lo haría sin leerlo, porque él sabe de sobra cómo soy y cómo pienso y me fío de él.

Pasó el tiempo y me recordó mi compromiso. Yo le recordé el suyo. Para tranquilizarme, tuvo el detalle de enviarme el manuscrito, detalle que agradecí mucho, porque escribir el prólogo de

un libro que no sabes de qué va, me parece una imprudencia rayana en la inconsciencia.

El libro se centra en la **Molestia**. Pongo la palabra con mayúscula porque es EL tema. Esto me produjo un poco de desconcierto, porque, en mi casa, a mí me enseñaron a no molestar. Por eso, al empezar a leer, tuve sensación de vértigo, y, recordando la cara que había puesto Risto al ofrecerme yo a prologar el libro, me hice la pregunta paralela: «Leopoldo, ¿sabes dónde te has metido?».

Los libros se leen de principio a fin, con notas a pie de página incluidas. Tuve la buena idea de empezar por la Conclusión, en la última página, cosa que aconsejo a los lectores que hagan. Sólo tiene una frase: «Molestar vende». Y en una nota a pie de página, concretamente la 302, aclara que se trata de **«Molestar bien»**.

Y entonces me quedé más tranquilo, porque se trata de Molestar bien.

Pero, como para todo, para Molestar bien hace falta un método. No se puede molestar así como así.

Este libro presenta un método, que contesta a la pregunta: «¿Cómo se molesta bien?», método que nunca se me hubiera ocurrido a mí y que, además, me parece que no sabría aplicar y se me notaría. Presenta una secuencia de cinco pasos, que todavía no he utilizado, porque no se me ha presentado la ocasión.

Porque molestar es relativamente sencillo, pero lograr que una estrategia, un producto o una actitud ciertamente molesta consigan tener un aspecto positivo, sin caer en el insulto y la ofensa, y escandalizando lo justo para poder obtener un resultado óptimo es, claramente, una visión muy innovadora de la acción de vender. No es fácil y no puede hacerlo cualquiera.

No puedo decir que esté de acuerdo con todo lo que dice Risto en este libro. Porque cuando uno escribe un libro, se nota que lo ha escrito él. Y si ese libro lo hubiera escrito yo, se notaría. Y Risto y yo somos distintos. Y pensamos distinto. Y actuamos distinto. (Yo, como jurado de Operación Triunfo, sería una absoluta calamidad.)

Y lo que me gusta es que dos tan distintos sean capaces de hablar, de comer juntos y, sobre todo, de reírse juntos y de que yo le pueda decir que cómo se le ocurren esas cosas que dice, con esa cara que pone y esas gafas oscuras cuyo origen se describe en el libro.

Como la gente sabe que somos amigos, con mucha frecuencia me preguntan si Risto es como parece que es o si todo es una pose. Pregunta difícil de contestar siempre, porque todos somos como somos y tenemos una pose y, al cabo de un tiempo, lo que somos y la pose se hacen uno. Me suelo escapar de la pregunta diciendo que es un tío majísimo.

Pero, para ser honrado, quiero que quede claro que el **Método Annoyomics**© no es infalible. Quizás es que Risto no lo ha utilizado conmigo, porque, a pesar de los pesares, a pesar de que él es como es y yo soy como soy, Risto no me molesta en absoluto.

Y lo siento, porque Risto podría haberse apuntado un tanto molestándome a mí.

LEOPOLDO ABADÍA
Barcelona, octubre 2012

Un libro for-mal

Siempre me fallan las formas. Siempre me pasa igual. Es lo que llevo oyéndome día sí día también desde que empecé a aparecer en televisión. Que el contenido era más o menos honesto e incluso verdadero, pero que al final siempre me perdían las formas.

Yo siempre contesto lo mismo: señora, ¿usted cree que habría conseguido la mitad de lo que he conseguido en televisión si hubiese utilizado formas políticamente correctas?

Mis formas (tan curradas y trabajadas, como seguramente equivocadas) me han regalado momentos maravillosos y muy divertidos en mi carrera. Y el libro que tienes en tus manos no iba a ser una excepción.

El contenido de este libro puede que sea lo más honesto que haya escrito jamás en mi vida. El contenido de este libro es mi verdad más verdadera.

Quizá por eso, puedo decir que el contenido de este libro ya ha triunfado: antes de publicarse ha logrado agradar (e incluso «fascinar») a Ruth Jiménez, la mujer que convive con mis defectos y mi molestia todos los días.

Espero que cuando lo acabes, pienses como mi amigo Gonzalo, que cree que ya era hora que lo escribiese.

Por eso, sólo me faltaba buscar una forma que estuviese a la altura, una forma que fuese la más molesta posible. En la librería, en tu mesilla de noche, en el metro, en tu biblioteca, en tu desván y —sobre todo— en tu cabeza.

La portada con un tipo desagradable, los colores poco discretos y la panza superior e inferior de todas sus páginas están ahí para que destaque en cualquier librería, para que sobresalga de cualquier biblioteca, para que deje huecos incómodos, para que no se tenga en pie como los demás, para que siempre esté en desequilibrio, en definitiva, para que se parezca a mí, para que moleste mucho incluso sin ser leído.

Igual así, gracias a la forma, consigo lo que no he conseguido con el contenido.

Molestar al gran Leopoldo Abadía.

Aunque sea un poquito.

Introducción

> Para tener éxito hay que tener amigos. Para tener MUCHO éxito hay que tener enemigos.
>
> Frank Sinatra

La gente es idiota

La gente es idiota. Y yo el primero, sí. Pero ni soy el único ni soy el más idiota de todos, lamentablemente. Porque siempre hay alguien más idiota que tú. Siempre. Es una ley universal. Cuando creías que ya habías conocido al más idiota de los idiotas, siempre llega alguien dispuesto a batir todos tus récords y dejarte con cara de... eso.

Si juntas a muchos idiotas, tendrás una masa de gente idiota. Si les preguntas sobre cualquier tema, el resultado es lo que llamamos encuesta, sondeo u opinión pública. Si no se lo preguntas pero ellos te lo cuentan igualmente, estarás haciendo un programa de televisión. Y si utilizas muchas urnas para preguntárselo, obtendrás una democracia.

La gestión de la masa idiota es lo que nos hace diferentes al resto de seres vivos. En el reino animal, a los idiotas se los comen, los matan o los ignoran hasta que se extinguen sin más. Nosotros,

como especie presuntamente civilizada, aprendemos desde pequeñitos a tratar y a cuidar a los idiotas con el respeto que merecen. Les damos las mismas oportunidades que al resto y, sobre todo, los mismos derechos y responsabilidades, para que se desarrollen en toda su idiotez y hasta sus últimas consecuencias. Ser idiota en sí no es peligroso. El peligro viene con la adjudicación de cualquier tipo de poder al idiota. En España hemos disfrutado de varios ejemplos en el terreno de la política.

Pongamos que vamos en el interior de un avión. Si el más idiota del avión es otro pasajero, el alcance de su idiotez rara vez irá más allá de los que se sientan a su alrededor, y puede que tengamos suerte y nos libremos de tener que aguantarlo. Si, por el contrario, se trata de una azafata, igual el problema se hace más incómodo de soportar, pues de su desempeño depende la infelicidad de muchos pasajeros. Pero si el más idiota del aparato es el piloto, ya puedes empezar a rezar. No hay nada más peligroso que un idiota con posibles, un idiota con poder.

Todo empieza de pequeñitos, con la educación general básica (EGB, ESO, o como carajo se llame en el momento en que leas esto). Si lo piensas bien, nos educan para convivir con idiotas. No digas eso. No hagas lo otro. Niño, no toques. Niño, no interrumpas. Niño, levanta la mano. Niño, estate quieto. Qué se dice. Qué se hace. Es que no tienes una sola buena idea. No digas tonterías. No hagas tonterías. No grites. No llores. En definitiva, no les molestes.

Y así llegamos a la pubertad, período inseguro por excelencia, y encontramos refugio en una masa de la que algunos no salen ya por el resto de sus días. Si alguna vez te has visto dando una charla en la universidad, y te has enfrentado a ese miedo colectivo a destacar tan nuestro en forma de ausencia de preguntas, sabrás de lo que te estoy hablando.

Así que nada, tenemos una especie entera basada en la tolerancia a la idiotez del prójimo, que sobrevive aun a pesar de ella, y que encima se cree determinante en el devenir del planeta y del uni-

verso entero. Y cómo te afecta eso en tu día a día, preguntarás. Bien. Bueno. En realidad, la verdadera pregunta es cómo lograr que NO te afecte.

La tele es una fábrica de ídolos para idiotas

Es el único electrodoméstico instalado en el 99,6 por ciento de los hogares de nuestro país.[1] Por encima de la nevera, sí. Hay hogares que tienen antes una tele que un frigorífico o una lavadora.

Es el único lugar del mundo en el que la experiencia penaliza. Un medio que expulsa a la gente mayor. Excelentes profesionales han sido amablemente despedidos por un único crimen: haber acumulado demasiados años de experiencia. Pero no sólo ocurre con la gente mayor. También pasa con la gente que sabe de lo que habla. En la tele, casi todos los expertos aburren. El ritmo televisivo impone expresarse a golpe de titular, a fuerza de tuit, con el único objetivo de informar, sí, pero entreteniendo, o lo que es lo mismo, añadiendo las dosis justas de frivolidad, lo cual impide tratar cualquier tema con la suficiente profundidad. Porque es que la tele no es un medio para profundizar en nada. Si lo haces, te arriesgas a emitir documentales que nadie ve. Para eso está un buen libro.

Por último, en la tele queda cada vez más gente famosa y menos gente prestigiosa. Hasta hace unos años, fama y prestigio iban de la mano. Tú hacías algo que valía la pena, algo relevante, y te convertías en un personaje popular.

Durante los años ochenta, con el advenimiento de la llamada *jet set* marbellí y más tarde ibicenca, empezó a desfilar por este país gente de profesión desconocida pero que poco a poco desplazó a los prestigiosos para hacerse un hueco en los medios y la prensa rosa. Son los años en los que empezamos a preguntarnos «Y éste, ¿quién es?», «Y ¿qué ha hecho para estar ahí?», preguntas de las que poco a poco nos iríamos olvidando. Son los años en los que las

1. http://bit.ly/XmOnUo

revistas del corazón se instalan entre los medios impresos más vendidos,[2] lugar del que ya no volverían a caer jamás.[3] En la última década del siglo XX y la primera del XXI, con los programas del corazón en las cadenas privadas y el triunfo de los *reality shows*, se consolida el fenómeno, hasta el día de hoy, en el que fama y prestigio están ya más separados que nunca.

Hoy la gente prestigiosa es cada vez más anónima, mientras que los famosos tienen cada vez menos prestigio. Ocurre hasta en el sector de la publicidad: los mejores publicistas de España —un Toni Segarra, un Miguel García Vizcaíno o un Daniel Solana— pueden caminar tan tranquilos por la calle, mientras que a mí, que estoy a años luz de esos cracs, me piden fotos y autógrafos. Sólo porque he salido por la tele, haciendo algo que además no tiene nada que ver con la publicidad. No tiene ningún sentido.

En 2008 impartí una conferencia en Las Palmas de Gran Canaria. En la sala contigua a mi conferencia había un premio Nobel de Economía que había venido a hablar sobre la crisis. Mi sala estaba a reventar, con gente sentada hasta en los pasillos. En su sala, cuatro gatos. Lo primero que dije al abrir mi conferencia fue esto: «Dejad que la televisión sea la única que fabrica vuestros ídolos y jamás levantaréis cabeza». Años después, ojalá hubiéramos seguido igual.

Vivimos un cambio de paradigma

Vivimos un cambio de paradigma.[4] Hasta hace poco, la actualidad, eso que nos conecta con nuestro entorno, nuestro contexto histórico y nuestra sociedad, se consumía principal y casi exclusivamente a través de los medios de comunicación. Lo que decían esos medios era la materia prima para pensar, para actuar y para

2. http://bit.ly/TOUUVo

3. http://bit.ly/WISNQs

4. Esta frase siempre suena muy bien, porque pone a tu interlocutor a la expectativa de conocer por fin lo que se está perdiendo. Pero es que encima ahora es cierta.

vivir. Y como hemos visto, entre todos esos medios, el rey ha sido el todopoderoso televisor.

Esa actualidad siempre nos ha llegado, vamos a decirlo, adulterada. Junto a la información y el entretenimiento, siempre nos han llegado mensajes cortos, más o menos ingeniosos y contundentes, que interrumpían el contenido dispuestos a convencernos para activarnos y que hiciéramos algo tan simple como necesario para que la economía funcionase: comprar. Son los llamados anuncios, *spots* o simplemente publicidad, el tercer pilar fundamental, junto al crédito y el consumo, del capitalismo moderno. Los anuncios son mensajes de alguien diciéndote lo guapo que es para que tú pienses lo mismo y acabes desembolsando más dinero del que realmente valdría si no hubiera que comunicarlo. Los que están detrás, las marcas, son los que están pagando la fiesta de los contenidos a cambio de poder interrumpirlos y decirte esas cosas. Por lo tanto, las marcas controlan los medios y deciden qué te dicen, cómo te lo dicen y cada cuánto te lo van a decir. Y tú escuchas y callas.

Estamos en el mundo de la luz y el color. Los anuncios en los que todo es perfecto, los mensajes en los que una familia ideal es aún más ideal por consumir un producto ideal que les hace la vida más ideal, todo avalado por un instituto ideal en el que nueve de cada diez doctores ideales certifican que el producto es aún más ideal de lo que te había contado la marca ideal que lo comercializa, ahora además con una promoción ideal dos por uno sólo hasta fin de mes.

De repente llega internet. Y luego el internet social. Y luego el internet móvil. Y luego el de los objetos. No es un medio, es un medio de medios. Cada nodo, cada bloguero, cada forero, cada tuitero, cada dispositivo, cada localización, cada bar, cada local, con tiempo y una caña, puede construir su propio medio de comunicación, su propia audiencia, su propia actualidad... y todo ello, en principio, sin adulterar.

De repente, las marcas ya no controlan los medios. Y todo deja de ser ideal... para pasar a ser real. La gente toma esos mensajes, los

manipula, los tergiversa, los contrasta, los estruja, los cuestiona, los pone a prueba y los lanza contra su día a día. Resultado: la creatividad del que produce el mensaje acaba siendo sustituida por la credibilidad del que lo emite. La influencia sustituye a la notoriedad, y el ingenio a la inversión en medios.

Nos acabamos de cargar la gallina de los huevos de oro, sí, la comunicación. Pero ha nacido la comunicación en red. Mucho más real, mucho más divertida, cuyo motor está en cada uno de nosotros y cuyo combustible es... la molestia.

Lo que NO es este libro

Vaya por delante que no soy quién para dar lecciones de conducta ni de nada a nadie. He trabajado durante seis años en televisión y más de quince en publicidad, así que no soy quién para ir por la vida dando clases de moralina, precisamente. Además, siempre me ha maravillado la gente que va dando consejos por la vida, porque creo que los buenos consejos son como los buenos masajes: tremendamente difícil darlos a los demás, imposible dárselos a uno mismo.

Puestos a seguir de frente, éste tampoco es un libro de autoayuda. No, por favor. Si en algún momento notas que se me pone cara de Coelho, de Amaia Montero o de Jodorowsky, ciérralo inmediatamente, devuélvelo a la librería, demándame por publicidad engañosa y exige que te devuelvan el dinero (por exigir, que no quede).

Tampoco pretende ser un ensayo. Tendría que saber mucho de lo que hablo para poder escribirlo, y si yo supiera de lo que hablo, no habría aguantado ni un año saliendo por la tele, ni por supuesto haciendo anuncios.

Ante todo, voy a intentar que sea un libro sincero, sin más pretensión que la de ser honesto contigo, que ya me parece mucho pretender. Después, ya en un alarde de presunción, intentaré que sea un libro de lectura entretenida. Ya, es mucho pedir, lo sé. Con la cantidad de coñazos que se publican por ahí, la tentación de convertirme en un escritor serio, respetado y reputado es grande. Pero tranquilo, me falta talento y me sobran horas de sexo para

que eso me pueda llegar a ocurrir. Igual por esa razón he escrito un libro sobre lo único realmente auténtico y de valor que puedo aportar y compartir.

Lo que SÍ es este libro

Es una invitación a una fiesta que se llama «diferencia». Es una oda a todo aquel que no le teme al fracaso propio y ajeno. ¿Ajeno? Sí, ajeno. Porque éste también es un manual para aprender a decir NO. Una palabra que a veces es muchísimo más positiva, motivadora y constructiva que un SÍ.

Vamos a rendir un homenaje más al que se arriesga, al que se lanza, al que toma la decisión más cara, no porque nadie le obliga, sino porque se lo dicta su propia conciencia, y está dispuesto a acarrear con todas sus consecuencias. Y vamos a cargar contra cualquier subproducto de autoayuda que pretenda forrarse a costa de hacerte sentir mal por lo mal que ya te sientes.

Éste no es sólo un libro sobre la diferencia, sino sobre todo sobre su primer —y en ocasiones, único— gran efecto. Éste es un libro sobre la molestia. Creo en una molestia que se puede provocar, desarrollar y gestionar. Y creo que sus efectos pueden ser tan positivos para uno mismo como para los demás.

Que conste que es mi experiencia. Es lo que me ha funcionado A MÍ. Bueno, a mí y como veremos más adelante, a unos cuantos más también. Que cada uno se prepare los espaguetis en su casa como le dé la gana. Ésta no es más que mi receta. Ni mágica, ni polémica, ni revolucionaria. Simplemente, la mía. La misma que he estado aplicando sobre mi personaje televisivo durante estos seis años con mayor o menor acierto, la misma que he intentado aplicar durante los quince años anteriores sobre las decenas de marcas para las que he tenido la suerte de trabajar.

En las páginas siguientes intentaré analizar y ordenar de forma más o menos metódica el arte de convertirse en una molestia con la legítima ambición de ganar algo de dinero por el camino. Y de divertirse un poco, por qué no, también.

En la primera parte del libro trato de definir y especificar qué entendemos por molestia. Para eso haré un breve recorrido por diferentes disciplinas con el fin de intentar acotar y enumerar todo lo positivo que una buena molestia ha aportado y aún tiene que aportar al mundo, que como ya te puedes imaginar, es mucho. También empezaré el *racconto* parcial, subjetivo y absolutamente sesgado del caso «Operación Triunfo» («OT»), la oportunidad que me llevó a participar durante tres ediciones en el mayor *talent show* jamás producido en España hasta ese momento, y la experiencia que me permitió elaborar y desarrollar la teoría de la molestia que tienes entre manos. Hay que decir que en este caso cualquier parecido con la realidad es pura conveniencia.

En la segunda parte estudiaremos a fondo el **Método Annoyomics©**, su aplicación práctica y una forma como otra cualquiera de planificar e implementar tu molestia. Veremos los pasos para aplicarlo y, sobre todo, veremos casos de éxito, personas, empresas, productos o servicios a los que ser molestos les ha proporcionado resultados muy provechosos.

Por último, en la tercera parte del libro he querido recoger una conclusión lo más concisa posible sobre la teoría y la práctica expuestas en las dos partes anteriores.

Como he dicho más arriba, no pretendo cambiarle la vida a nadie. Básicamente porque tampoco sabría qué ponerle en su lugar.

Bienvenidos al apasionante mundo de la molestia.

Bienvenidos al apasionante mundo de Annoyomics.

PRIMERA PARTE

De qué hablo cuando hablo de molestar

No me basta con ser feliz, necesito que los demás sufran.

GROUCHO MARX

Septiembre de 2003 fue un mes muy duro para la industria automovilística. El mercado europeo se contrajo un 1,5 por ciento y en Francia apenas logró remontar un 1,6. Todas las marcas de coches tuvieron que ajustarse el cinturón.

Bueno, todas no. Una marca, sólo una marca, para más señas Renault, vio sin despeinarse cómo las ventas de uno de sus modelos crecían a cuotas de hasta el 16 por ciento, un modelo que no era especialmente bonito, ni feo, sino, como lo definieron las revistas especializadas del motor, era..., vamos a llamarlo diferente.

La explicación hay que buscarla en un hombre, Patrick Le Quement, vicepresidente de Renault Corporate Design, y en un diseño suyo, el nuevo Renault Mégane. En una mesa redonda de la industria organizada por Booz Allen Hamilton, Le Quement aseguró que: «En el actual mercado supercompetitivo, una de las claves del éxito de las automotrices es fabricar coches que al menos algunos compradores adoren completamente, **incluso si otras perso-**

nas no los pueden ni ver. Si tu estilo no le dice nada a nadie, estás perdido» (las negritas en ésta y en las demás citas son mías).

Según continúa Le Quement: «**Durante años, los fabricantes trataron arduamente de crear vehículos que nadie detestara, esperando atraer a la mayor variedad de compradores. Esos tiempos han pasado. Claro que existe una reacción de amor o de odio tajantes**, pero es mejor que haya gente totalmente motivada a comprar un coche y que no vaya a regatear sobre el precio».[5]

Un estudio posterior de J. D. Power respaldó la idea de Le Quement de que **los diseños más audaces podían aportar mayores beneficios empresariales**.[6] El instituto de investigación descubrió que **los coches que pueden polarizar la opinión pública** (es decir, esos vehículos que la gente adora o simplemente odia) **tienen mayores probabilidades de vender con descuentos más bajos que coches que evocan reacciones suaves**.

Cambiemos de industria, y fijémonos en la siguiente declaración: «Me paso el día mirando costes y precios, seguridad y eficiencia, y pensando **cómo hacer más ruido** y aumentar las ventas».

La frase no es de un director de marketing cualquiera. Ni siquiera es de un director de marketing. Se trata del hombre más rico de Irlanda. Su nombre, Michael O'Leary, y su función, consejero delegado de Ryanair, la compañía que ya transporta a 73 millones de pasajeros al año, seis de cada diez de los que llegan a España, y que en plena crisis anunció beneficios por valor de 401 millones de euros.[7] Es la misma persona que anunció en 2009 que cobraría por

5. http://bit.ly/YvQFSu

6. http://bit.ly/VvQncv. En total, los ingresos de los primeros nueve meses de aquel año de la división de Renault llegaron a 25.891 millones de euros, lo que representó un aumento del 1,35 por ciento frente al mismo período del año anterior. En el tercer trimestre, esa división tuvo un crecimiento del 10,52 por ciento, hasta los 8.223 millones de euros.

7. http://bit.ly/SFn2JU

el uso de los lavabos en los aviones, o que en 2010 decidió que iba a prescindir de uno de los dos pilotos que tienen que ir a bordo por ley. El mismo que utilizó a la Reina de España para hacerse publicidad, que es capaz de ponerse una nariz de Pinocho para criticar a su competencia, que critica a los sindicatos hasta el punto de prohibir a sus empleados afiliarse a alguno. Alguien, en definitiva, que sin duda sabe muy bien cómo utilizar la molestia en beneficio de su negocio.

Retrocedamos hasta 2002. Cuando Estados Unidos todavía está llorando sus muertos del 11-S, el dramaturgo y director de cine estadounidense Neil LaBute (Detroit, 1963) cosecha triunfos de crítica y público con su montaje teatral *The Mercy Seat*. Ambientada en el 12 de septiembre de 2001, cuenta la historia de un trabajador del World Trade Center que aprovecha su fortuita ausencia el día de los atentados para hacerse pasar por muerto y así huir con su amante.

En una entrevista concedida algún tiempo después a *La Vanguardia*, LaBute señalaba sin tapujos su postura ante las reacciones adversas de sus consumidores: «**Prefiero una audiencia disgustada** a una desinteresada, porque ésta es la peor ofensa al público que ha decidido emplear su tiempo, que no se puede devolver, en ver una obra».[8]

LaBute admitía abiertamente que su obra entera estaba basada en la búsqueda intencionada de la molestia:

> **Quiero descolocar**, que la gente no encuentre las cosas que se supone que ritualmente tienen que estar, como el final que deben aplaudir o las recompensas a los buenos y los castigos a los malos. Quiero cambiar esa experiencia colectiva tan segura dividiendo a la audiencia en grupos más pequeños y escenas que ocurren detrás de ellos, que sientan que cualquier cosa puede pasar. Y dejar el tema abierto, que no acabe la obra y todo resuelto, sino

8. Entrevista realizada por Justo Barranco, y curiosamente titulada «El teatro de la patada en el culo», *La Vanguardia*, 14 de julio de 2010.

que la gente tenga que seguir pensando al salir, **desafiar una parte de cada uno**.

Pero LaBute no es el único. *La última tentación de Cristo, Je vous salue, Marie, La Pasión, El código Da Vinci*... Todas tienen dos cosas en común. En primer lugar, todas han sido explícitamente condenadas y censuradas por el Vaticano. Y en segundo lugar, todas han sido un éxito de taquilla.

Que conste que no hace falta molestar siempre a la Iglesia. A veces, simplemente molestando a los poderes fácticos o al Estado se consiguen resultados igual de positivos o incluso mejores. Eso fue justo lo que le ocurrió a Calvin Klein en 2008 cuando lanzó su campaña estrella con la no menos estrella Eva Mendes. Lo que en un principio iba a ser un anuncio más de una modelo revolcándose en la pantalla con la (poca) ropa del anunciante puesta, acabó siendo un fenómeno viral mundial. La razón, aparte seguramente del buen ver de la protagonista, hay que buscarla en la censura de las principales cadenas estadounidenses, que se negaron a emitir el *spot*.

> El *spot* de Calvin Klein, que fue rodado en blanco y negro, ha causado cierto revuelo y la mayoría de las cadenas estadounidenses han optado por no emitirlo por considerarlo demasiado sexy y provocador. La reacción ha sido inmediata y **nadie se quiere quedar sin ver a Eva Mendes, y YouTube y otros portales de vídeos ya cuentan con los archivos del vídeo en cuestión**. **El anuncio se convierte en un viral, la gente habla de él, la gente tiene interés por verlo, miles de personas lo ven** y **Calvin Klein se ahorra un interesante dinero en medios**. La reflexión es clara: ¿lo habrán hecho aposta para generar ruido y ahorrarse la inversión en medios? Lo hayan pensado o no, **el éxito está asegurado**.[9]

9. http://bit.ly/YT4ieW

¿Lo habían pensado? ¿O fue simple fruto de la casualidad?

Lona publicitaria de Calvin Klein con Eva Mendes.

Otra demostración interesante la tuvimos aquí, en España, en abril de 2009. La cadena Cope anunció que se deshacía de su programa diario estrella, «La mañana», y de su ideólogo e instigador, Federico Jiménez Losantos. Atrás quedaban diecisiete años de estrecha colaboración que habían cosechado unos dos millones de audiencia, o lo que es lo mismo, el 70 por ciento de los ingresos totales de la cadena.

Al parecer, presiones de la Conferencia Episcopal unidas a algunos miembros del Ejecutivo que se sintieron incómodos, al final lograron apartar a Losantos de tan espectaculares datos. En una entrevista concedida al diario de su amigo Pedro J. Ramírez, Losantos desgranó en una sola frase el secreto de su éxito: «**Necesito llevar la contraria al poder establecido, tirarle piedras**, controlarlo y recortarlo en todo lo posible, que siempre será poco».[10]

10. http://mun.do/R6EHM4

¿Qué nos pasa? ¿Nos va el morbo? ¿Nos gusta que nos den caña? ¿Nos fijamos en los más molestos? ¿Buscamos que nos polaricen? ¿Cuando tenemos éxito es justo cuando molestamos más? Y lo que suena aún más extraño, ¿nos agrada lo feo? O visto desde la perspectiva opuesta, ¿es bueno molestar?

No voy a esperarme al final del libro para contestar. Molestar es muy bueno. Muy bueno y muy sano. Y a lo largo de las siguientes páginas estoy dispuesto a demostrártelo, o como mínimo a intentar convencerte de que hay ocasiones en las que si no molestas, no existes. Así que, en primer lugar, permíteme que te proponga un trato.

A partir de ahora, y hasta el final de este libro, lo bueno y lo malo significarán solamente lo que vende y lo que no vende. Puede que no estés de acuerdo, puede que te parezca una simplificación demasiado abusiva o quizás un punto de vista radicalmente materialista, sobre todo si tienes trabajo y encima éste es vocacional, pero es la única forma de dejar a un lado consideraciones éticas y moralistas sobre los ejemplos y casos que vamos a ver.

De ti sólo me interesan tus valores si son de los que cotizan al alza. El resto, compártelos con tus seres queridos, que seguro que los aprecian más. Si los dos cumplimos este lapsus moral de doscientas páginas, nos llevaremos de lujo. A cambio, te prometo tres cosas, tres.

La primera, que te explicaré la verdad, toda la verdad y nada más que la verdad.[11] Compartiré no sólo MI verdad, que puede ser parcial, casual y subjetiva, sino que adjuntaré la experiencia demostrada de numerosas personas físicas y jurídicas que han utilizado el poder de una buena molestia para generar valor.

La segunda promesa es mucho más prosaica, y es que haré lo imposible para que en el camino lo pasemos bien. Como siempre hago. Como me gusta pensar que, a veces, consigo.

11. Si en las películas estadounidenses lo pueden jurar, yo no voy a ser menos; siempre me ha hecho gracia la frasecita, más que nada porque supone de entrada que alguien está en posesión de esa verdad.

Y la tercera, que intentaré ser lo más aséptico, correcto y comedido en mis juicios de valor, algo que, como todo el mundo que me conoce sabe, me es muy fácil. En ese sentido, igual a veces te molesto con algo que digo. Mis disculpas por anticipado. Me disculpo, qué digo me disculpo, me genuflexiono, me flagelo y me postro ante vos para pediros perdón por haberos visto obligado a comprar mi libro y no otro, ya que seguramente os habréis visto empujado por la presión social inhumana, una coerción mediática insoportable y una falta de oferta alternativa en el resto del mundo literario. No conozco esa sensación, pero debe de ser horrorosa.

En este último caso, por favor, siéntete libre para desatar tu ira sobre mi cuenta de Twitter, @ristomejide, mejor bajo el *hashtag* #annoyomics, si puede ser. Te estaré esperando con las palmas abiertas.

¿Listos? Ya podemos abordar la pregunta de esta primera parte: ¿de qué hablo cuando hablo de molestar?

Capítulo 1
Hablo de la molestia que no necesita insultar

Hijo de puta, hay que decirlo más.

MUCHACHADA NUÍ

No ofende quien quiere, sino quien puede.

MI ABUELA

El 25 de junio de 2012, mi admirado, querido y respetado José Corbacho concedió una entrevista para promocionar su nuevo programa «Todo el mundo es bueno». Cuando le preguntaron sobre su relación conmigo respondió: «Me llevo bien con todo el mundo y si alguien no se lleva bien conmigo es porque él no quiere. Trabajar con gente que sabe bien lo que se lleva entre manos es un lujo y ése es el caso de Risto. A veces chocamos en nuestras opiniones. A mí me gusta intentar mantener las cosas y tener cierta educación. Siempre respeto mucho a la gente que tiene la valentía y la osadía de subirse a un plató delante de tanta gente y me gusta respetarlo».[12] Educación y respeto. A vueltas con la educación y el respeto.

Hagamos una apuesta. Si encuentras un solo insulto que yo haya proferido en televisión, o cualquier falta de educación o incivismo, no te invito a cenar porque no suelo cenar con descono-

12. http://bit.ly/YyEu7G

cidos, pero sí te pago una cena con quien tú quieras. Y en cuanto al respeto, para mí no hay mayor falta de respeto que mentirle a alguien con palabras edulcoradas y agradables para que se vaya contento a casa ignorando una verdad de la que todos los demás son conscientes. Y es que se pueden decir las cosas más molestas sin necesidad de recurrir al insulto fácil. De hecho, siempre he pensado que el que insulta lo único que demuestra es que carece de ingenio para molestar. Molestar no es insultar. Según la RAE, insultar es «ofender a alguien provocándolo e irritándolo con palabras o acciones». Comparto la segunda parte de la definición, aquella en la que se provoca y quizás hasta se irrita alguien. Pero no la primera, en la que parece obligatorio recurrir a la ofensa.

Aun así, «el insulto es uno de los logros de la humanidad parlante». No lo digo yo, lo dice don Pancracio Celdrán Gomáriz en *El gran libro de los insultos*. Según este doctor en Filosofía y Letras y licenciado en Lengua y Literatura Hispánica, «quien se pare a pensar, entenderá pronto por qué **el adjetivo es la parte de la oración gramatical que más nos compromete**: ello es así porque **dice lo que pensamos, queremos, creemos, esperamos, amamos, odiamos...**».[13] Un insulto no es más que un adjetivo al que se le han hinchado las razones.

De este modo, insultar es demostrarle al prójimo que se tiene algún tipo de criterio. Quien no insulta, no opina. Quien no opina, no sabe ni contesta. Y quien no sabe ni contesta, sinceramente, no hace más que consumir aire, espacio y recursos en este mundo. Qué es una vida sino un conjunto de puntos de vista. Además, si el insulto —ojo, que igual ocurre con el halago— es absolutamente imprescindible para demostrar que tenemos alguna opinión, también lo es para poder llevar a cabo obras relevantes. Cuando expresamos nuestro desdén con tanta vehemencia estamos poniendo

13. Pancracio Celdrán Gomáriz, *El gran libro de los insultos*, La Esfera de Los Libros, 2008.

de manifiesto nuestras creencias, de lo que estamos plenamente convencidos, algo en lo que creemos firmemente. Y no sé tú, pero yo no he conocido nunca a nadie que hiciera algo importante sin estar plenamente convencido de ello.

Por último, el peor insulto a menudo suele coincidir con la mejor descripción posible. Se trata de atajos conceptuales para transmitir un mensaje, y siempre he creído en el poder de la síntesis que otorga un insulto.

> En situaciones tranquilas todo el mundo es bueno, es claro: no hay caldo de cultivo para el insulto en situaciones normales, ya que es un mecanismo de defensa y en buena medida también de justicia, mecanismo que se suscita **cuando el discurso moderado no conseguiría poner las cosas en su sitio**. Como expresión del descontento y la contrariedad, el insulto es un instrumento al alcance de todos y nos permite alzarnos contra el estado de las cosas en el que nos sentimos atrapados, y actúa a modo de tubo de escape o de descarga adecuada al caso...[14]

Simplifica, quizá demasiado, pero es un atajo hacia la verdad (la subjetiva, equivocada y cuestionable, pero la de uno mismo), y como todos los atajos, nos evita perder el tiempo con matices innecesarios. Pero es que no todo el mundo se merece siempre que descubramos sus matices. «Vivimos rodeados del insulto, **pero también del elogio amañado, que es tanto como una injuria solapada en forma de tomadura de pelo**. Vivimos rodeados de estas palabras vehementes, sentidas, nada artificiales ni huecas: **quien insulta no esconde nada, sino que respira por la herida**.»[15]

Creo en la gente honesta. Creo en quien sabe insultar sin recurrir al insulto. Creo en quien sabe utilizar el poder de la palabra con educación, oportunidad e ingenio. Y sobre todo, creo en

14. Ibídem.
15. Ibídem.

quien se atreve a decir la verdad pese a ser desagradable, pese al qué dirán.

Dicho esto, en este libro no se habla de insultar a nadie, pero sí de molestar. Y molestar tampoco es necesariamente ofender. Ofender, volviendo a nuestro diccionario, es «humillar o herir el amor propio o la dignidad de alguien, o ponerlo en evidencia con palabras o con hechos». Ya veremos más adelante que aquí no se trata de humillar ni de herir la dignidad de nadie. Seguramente toda ofensa sea una molestia, pero seríamos unos ingenuos si comprásemos también la viceversa.

Se pueden obtener todos los beneficios del insulto y de la ofensa sin necesariamente caer en ninguno de los dos. Es lo que entendemos por molestia. El verbo *molestar*, presente en varias lenguas latinas (francés: *molester*; italiano: *molestare*; portugués: *molestar*) viene del latín imperial *molestare*. «Molestar viene de mole.»[16] Efectivamente, el verbo, como el sustantivo *molestîa*, se formaron a partir de *moles*, que significa 'masa', 'peso', 'carga', 'esfuerzo'. Así, el adjetivo 'molesto' (*molestus* en latín) corresponde a lo penoso, lo desagradable, lo inoportuno.

Pues menudo origen. Así no me extraña que no haya una historia de la molestia, una ciencia de la molestia y ni mucho menos un ministerio de la molestia. Y aun así, a lo largo de este libro espero convencerte de que los tres deberían existir.

Volviendo a la RAE, su diccionario nos dice que molestar es causar molestia, como veíamos del latín *molestîa*, y recoge cuatro posibles acepciones:

1. Fatiga, perturbación, extorsión.
2. Enfado, fastidio, desazón o inquietud del ánimo.
3. Desazón originada de leve daño físico o falta de salud.
4. Falta de comodidad o impedimento para los libres movimientos del cuerpo, originada de cosa que lo oprima o lastime en alguna parte.

16. José Antonio Marina, *Elogio y refutación del ingenio*, Anagrama, 1992.

Vaya, hombre. Todo un festival de positivismo. Ninguna está vista como estrategia. Ninguna habla de qué beneficios reporta. Ninguna refleja lo buena que puede llegar a ser para nosotros y para los demás. Parece que si queremos una definición útil para nuestro objetivo, nos la tendremos que inventar. Pero antes, permíteme que hablemos del colesterol.

OT 5. Domingo, 8 de octubre de 2006, 17.00 horas

Me atuso la melena y distribuyo las greñas en partes iguales a ambos lados del cráneo, lo justo para tapar las entradas, que hace tiempo ya han entrado en la categoría de abonos de temporada. En el espejo sólo dos fotografías se atreven a devolverme la mirada: una instantánea de Julio Iglesias, la única que le tomaron del lado izquierdo, y otra del último tropezón del Rey, para tener algo que actualizar cada semana.

La furgoneta que pasa a buscarme llega puntual, pero dejo pasar un par de minutos de cortesía, más dos de inquietud, más dos de insolencia, más dos de con quién te crees que estás tratando, más dos de directamente soy un idiota.

Plató principal de Mediapark, Esplugues de Llobregat (Barcelona), algo más de doscientos profesionales entre técnicos, cámaras, atrezistas, vestuario, bailarines, etc., que ultiman los preparativos de la gala que se va a emitir en directo esa misma noche.

No es una gala cualquiera. Se trata de la gala con la que Telecinco arrancará el concurso que millones de personas llevan meses esperando, uno de los programas de entretenimiento más vistos de los últimos tiempos, y el que sin duda se convertirá para muchos en el espectáculo televisivo del año. Se trata de la primera gala de la quinta edición de «Operación Triunfo» («OT»).

A lo largo de sus cuatro ediciones anteriores, «OT» se ha consolidado en España como el *talent show* por excelencia, un formato flagrantemente inspirado en el programa neozelandés «Popstars» (1999), de Jonathan Dowling, que más tarde derivó en «Pop Idol» (2000) de la mano de Simon Fuller y que lleva desde 2001 literalmente arrasando desde que la productora Gestmusic lo estrenase en nuestro

país. Quizá por eso la cadena manifiesta a la productora su interés en que esta edición repita las cuotas que ya alcanzara en el pasado:

Edición	**Año**	**Canal**	**Especta-dores**	***Share***	**Gran final**
OT 1	2001-2002	TVE	6.895.000	44,2 %	12.873.000 (68 %)
OT 2	2002-2003	TVE	5.599.000	36,8 %	7.764.000 (49 %)
OT 3	2003-2004	TVE	3.415.000	25,5 %	3.914.000 (28,4 %)
OT 4	2005	Telecinco	4.848.000	37,6 %	6.745.000 (41,6 %)

Fuente: Wikipedia.

Es cierto que el programa ha ido poco a poco alejándose de los éxitos de audiencia de su primera edición, cuando TVE logró reunir y emocionar a casi trece millones de espectadores; es verdad que —salvo en el caso de David Bisbal— ninguno de los sucesivos ganadores ha arrasado en la industria de la música; y también es cierto que desde la cuarta edición, cuando Telecinco tomó el relevo a TVE, aunque aún goza de buena salud, una parte importante de sus antiguos fans empieza a pensar que el formato está agotado y que ya no es lo que fue.

Además, el panorama de los medios ha cambiado mucho en España, y está a punto de hacerlo todavía más. El nacimiento de laSexta y Cuatro comienza a fragmentar drásticamente las audiencias, y el incipiente panorama de canales TDT empieza a pasar factura, no sólo a los datos de este programa, sino a la media de *share* de las cadenas generalistas, que ya nunca más disfrutarían de las cifras de antaño.

Aun así, incluso no hallándose en su momento más dulce, «OT» sigue resultando una apuesta segura para anunciantes y programadores, que pugnan encarnizadamente e incluso llegan a pujar por hacerse con un hueco entre los pocos *slots* de promoción disponibles a lo largo de los casi trescientos minutos de emisión de cada gala,

llegando a pagar varios millones de euros por una simple mención de veinte segundos.

A todo esto, paseando por el *backstage* del plató, estaba yo, mucho más joven, con algo más de pelo que ahora pero, eso sí, igual de feo, un publicitario en la corte del rey *Share*, invitado a participar sólo en la primera gala y sólo en calidad de jurado, para que ayudara a dictaminar cuáles de los dieciocho aspirantes de esta quinta edición merecían entrar en la puñetera academia.

Capítulo 2
Hablo de la molestia HDL

Preferimos molestar con la verdad, que complacer con adulaciones.

SÉNECA

El colesterol es un lípido que se encuentra en los tejidos corporales y en el plasma sanguíneo de los vertebrados. Es imprescindible para nuestra supervivencia, pues es el precursor de la vitamina D, las hormonas sexuales y otras sustancias fundamentales para el correcto funcionamiento del organismo.[17]

Existe el colesterol «malo» o de baja densidad (LDL), que unido a las proteínas se transporta a través de la sangre; es el que tratamos de mantener dentro de unos niveles aceptables, y el que nos invitan a controlar tanto especialistas como algunos productos de consumo. Fuera de control, este colesterol «malo» puede acabar bloqueando nuestras arterias coronarias hasta provocarnos un infarto de miocardio, la gran amenaza del ser humano estresado.

Pero es que también existe el colesterol «bueno» o de alta densidad (HDL), que son aquellas lipoproteínas que transportan el co-

17. Hay que ver lo bien que funciona la Wikipedia para estas cosas. Seguimos.

lesterol desde los tejidos del cuerpo hasta el hígado. Se puede tener tanto colesterol «bueno» como deseemos, ya que tan sólo facilita que las cosas ocurran.

Pues bien, mi teoría —si es que se le puede llamar así— es que algo similar nos ocurre con la molestia. Existe una molestia mala (o de baja densidad) que tratamos de controlar y mantener dentro de unos límites aceptables para nuestro organismo porque sabemos que en dosis elevadas podría bloquearnos. Es la molestia que nos hace menos vendibles. Es la molestia accidental, la que incomoda, sí, pero de forma estéril, pues no produce ningún fruto ni beneficio para el que la genera.

Como defiende Robert McKee, a lo largo de la historia de la humanidad, el hombre (y la mujer, si eres de los o las que se fijan en esas chorradas) ha encontrado sólo cuatro caminos para luchar contra este tipo de molestia: la ciencia, la religión, la filosofía y el arte.[18] Son cuatro respuestas a la gran pregunta: cuál es el sentido de la vida. Pero también son cuatro caminos para reducir las molestias vitales que nos acechan.

La tecnología, por ejemplo, no es más que una reducción de ese tipo de molestia mala, accidental, no buscada y perniciosa para nuestro progreso. «Hasta el siglo XVIII, el concepto de sentirse confortable en casa era tan desconocido que ni siquiera existía una palabra que lo definiera. 'Confortable' significaba simplemente 'capaz de ser consolado'.»[19] Cualquier apechusque (cómo me gusta esa palabra, apechusque, apechusque) que alguien haya inventado en cualquier parte del mundo siempre habrá tenido como objetivo hacernos la vida más fácil, más cómoda, menos molesta. Y ese invento no será muy diferente de la confesión (reduce mi sentimiento de culpa), la metafísica (reduce mi incertidumbre sobre las grandes preguntas) o cualquier película romántica (aumenta mi esperanza de encontrar a mi media naranja, reduciendo así mi miedo a quedarme solo en el mundo).

18. Robert McKee, *El guión*, Alba Editorial, 2003.
19. Bill Bryson, *En casa*, RBA, 2011.

Ésa es la molestia mala, la evitable, la accidental, la que nos plantea la naturaleza en forma de pregunta, y la humanidad va respondiendo mejor o peor a golpe de ingenio y de materia gris.

Pero es que, en el otro lado, también existe una molestia buena (o de alta densidad), que ayuda a que las cosas pasen y que tenemos que saber cómo provocar. Es la molestia deseable, es la molestia buscada, es la molestia perpetrada para generar efecto, es la molestia que cumple con el trato que hicimos hace pocas páginas, cuando dijimos que si vende es bueno. Y es que a partir de ahora, cuando hablemos de Molestia Buena, hablaremos de molestia buscada que nos ayude a vender.

Si hablamos de *branding*, es decir, de la creación de marcas y sus logotipos, estamos hablando de crear una marca de tabaco que se llame Death[20] (Muerte). O un vino que se llame Fat Bastard[21] (Gordo Cabrón), o Royal Bitch[22] (Puta Real), o Vin de Merde[23] (Vino de Mierda, del que seguiremos hablando más adelante). Todas estas son marcas reales y con bastante éxito en los mercados donde fueron lanzadas... a través de la molestia. En definitiva, estamos hablando de diferenciarse siendo muy pero que muy molesto y a conciencia, y de hacerlo para ganar cuota y aceptación, que no deja de ser un eufemismo para decir «ganar dinero».

Una vez compartida la idea del colesterol, ya estamos en disposición de aventurar una primera posible definición de Molestia Buena —molestia a secas, a partir de ahora—: «Cualquier acción premeditada que busca venderle algo a alguien mediante la provocación de algún tipo de incomodidad».

20. http://bit.ly/Vjujfw
21. http://bit.ly/hgperM
22. http://bit.ly/yhkZoW
23. http://www.levindemerde.com/

Capítulo 3
Hablo de la molestia que nos da placer

Sé más pronto a sufrir molestia que a darla.

San Isidoro

Historia basada en hechos demasiado reales. Hace poco, paseando por la planta joven de unos grandes almacenes (cuanto más viejo me hago, más me paseo por esa planta) me crucé con una señora —tampoco era adolescente— que iba hablando por el móvil. En cuanto me vio, me reconoció, le cambió la cara y me pasó el móvil: «Toma, es mi marido, por favor, insúltale». Esa señora no había entendido nada. O quizá sí, y era yo el que estaba a por uvas. De cualquier modo, yo tomé su móvil, me lo acerqué a la boca, y sin escuchar siquiera a quien hubiera al otro lado, dije: «Caballero, hágame caso, divórciese en cuanto pueda». La cara de la señora cuando le devolví el móvil seguía siendo exactamente la misma que al principio de nuestra conversación, la de «he visto a un famoso y me ha hecho caso».

A menudo lo que nos molesta nos da placer. Dicho en plata, nos mola sufrir, que nos den caña. Culturalmente, lo tenemos muy

Ésa es la molestia mala, la evitable, la accidental, la que nos plantea la naturaleza en forma de pregunta, y la humanidad va respondiendo mejor o peor a golpe de ingenio y de materia gris.

Pero es que, en el otro lado, también existe una molestia buena (o de alta densidad), que ayuda a que las cosas pasen y que tenemos que saber cómo provocar. Es la molestia deseable, es la molestia buscada, es la molestia perpetrada para generar efecto, es la molestia que cumple con el trato que hicimos hace pocas páginas, cuando dijimos que si vende es bueno. Y es que a partir de ahora, cuando hablemos de Molestia Buena, hablaremos de molestia buscada que nos ayude a vender.

Si hablamos de *branding*, es decir, de la creación de marcas y sus logotipos, estamos hablando de crear una marca de tabaco que se llame Death[20] (Muerte). O un vino que se llame Fat Bastard[21] (Gordo Cabrón), o Royal Bitch[22] (Puta Real), o Vin de Merde[23] (Vino de Mierda, del que seguiremos hablando más adelante). Todas estas son marcas reales y con bastante éxito en los mercados donde fueron lanzadas... a través de la molestia. En definitiva, estamos hablando de diferenciarse siendo muy pero que muy molesto y a conciencia, y de hacerlo para ganar cuota y aceptación, que no deja de ser un eufemismo para decir «ganar dinero».

Una vez compartida la idea del colesterol, ya estamos en disposición de aventurar una primera posible definición de Molestia Buena —molestia a secas, a partir de ahora—: «Cualquier acción premeditada que busca venderle algo a alguien mediante la provocación de algún tipo de incomodidad».

20. http://bit.ly/Vjujfw
21. http://bit.ly/hgperM
22. http://bit.ly/yhkZoW
23. http://www.levindemerde.com/

El público no va allí engañado; salvo el día del estreno de la obra, cuando quizá no sabe qué esperar, quien compra una entrada tiene una idea de lo que va a encontrar sobre el escenario. **Espera violencia dirigida contra él y se convierte en cómplice al ponerse voluntariamente en situación de sufrirla**. Las razones para ello son muchas, desde el deseo de aprender algo sobre sí mismo hasta el de limpiar la propia conciencia [...]. Pero también hace algo mucho más interesante: **se desdobla, es víctima y espectador**; más bien, **mientras se contempla siendo insultado o maltratado, deja de ser quien es para convertirse en otro que está del lado del juez** [...]. Al desdoblarse, **el espectador recibe el castigo y al mismo tiempo se concede la absolución, con lo que se da la paradoja de que la obra crítica que pretendía hacer al espectador sentir el peso de sus errores puede acabar aligerándolo de él**.[29]

Sin embargo, afortunadamente no somos tan egoístas como para desear sólo el sufrimiento propio; también disfrutamos, y mucho, con el sufrimiento ajeno. En España llevamos años compitiendo en envidia, tiro al ausente y crítica libre, aunque también aquí hay naciones que nos arrebatan el oro, pues disponen incluso de términos como *Schadenfreude*[30] —del alemán *Schaden* ('daño') y *Freude* ('alegría')—, que significa, literalmente, 'alegría por la desgracia ajena'. Alemania, como siempre, llevándonos la delantera en todo, aunque seguro que esta vez Angela Merkel no ha tenido nada que ver. O bueno, igual sí.

No nos debería extrañar, pues lo mismo nos ocurre con la felicidad. Jeremy Rifkin, sociólogo estadounidense y autor de éxitos de ventas, afirma en *La civilización empática* que los nuevos estudios sobre felicidad también muestran que ésta no sólo se correlaciona con el nivel mínimo de confort, sino también con el nivel de estatus de la gente de nuestro entorno: **«La gente sigue midiendo su propia felicidad, no en términos absolutos, sino en relación**

29. Ovejero, op. cit.
30. http://bit.ly/1MQMxy

a los demás».[31] Vaya, que si los demás están muy jodidos y tú no tanto, tienes más probabilidades de ser feliz. Esto es lo que nos ocurre, nos guste o no, y es así desde que el hombre es hombre:

> Tertuliano, pensador que se convirtió al cristianismo en las postrimerías del siglo II d. J. C., **tras regodearse en la descripción de los tormentos a los que imaginaba que serían sometidos los réprobos, escribió que esa visión era mucho más placentera que el circo, el teatro y los espectáculos deportivos**. Y otros Padres de la Iglesia, como Tomás de Aquino, coincidían en que uno de los muchos gozos que experimentarían en el Cielo quienes alcanzaran la salvación sería contemplar desde allí los tormentos de los condenados.[32]

Pero no nos engañemos. No es sólo un tema cultural ni lingüístico ni histórico, ni tan sólo religioso o —alguno lo habrá pensado— sexual. Se trata de algo que está implantado en nuestro cerebro. A medida que investigan nuestra mente, los neuropsiquiatras están descubriendo que todos llevamos un masoquista dentro. Algunos lo dejan salir con más frecuencia, otros con menos. Algunos lo sacamos cada día y acabamos muy mal, otros se lo guardan toda la vida y acaban aún peor. Pero lo que parece claro es que en todos los casos, donde existe un ser humano, hay un pequeño mini-yo al que le gusta que le hagan sufrir. Yo al mío lo llamo Justin.

Desde los años setenta, Paul Rozin, psicólogo de la Universidad de Pensilvania, ha estado estudiando por qué ciertas cosas molestan a la gente, y por qué hay otras que las encuentran atractivas.[33]

31. Jeremy Rifkin, *The Empathic Civilization: the race to global conciuosness in a world in crisis*, Penguin, 2009. Versión castellana de Genís Sánchez Barberán y Vanesa Casanova Fernández, *La civilización empática: la carrera hacia una conciencia global en un mundo en crisis*, Paidós Ibérica, 2010.

32. Ovejero, op. cit.

33. Joe Palca y Flora Lichtman, *Annoying, The Science That Bugs Us*, John Wiley & Sons, Inc., 2011.

De todas sus investigaciones, quizá la más reveladora es la que trata sobre el estudio del chile picante. Según Rozin, no hay ninguna duda de que comer chile rojo y picante es una experiencia desagradable para el cuerpo humano. Está comprobado que los niños rechazan su sabor, y que además no hace ningún bien al organismo, como creían los mayas desde el principio de los tiempos. Sin embargo, millones de personas en todo el mundo lo siguen consumiendo hoy en sus platos como condimento habitual. ¿Por qué?

Rozin opina que la solución al misterio del chile es lo que llama «Reverso Hedónico». **«Algo que sabe terriblemente cuando lo comes por primera vez, consumido con frecuencia se convierte en una deliciosa degustación.»**[34] Repetir algo desagradable con el tiempo nos acaba gustando. Como producto, es el caso paradigmático de la tónica, una bebida con un sabor que al principio molesta, es inadecuado, áspero e incluso desagradable al paladar, pero que con el tiempo acaba convirtiéndose en un placer irreemplazable. Incluso los sonidos más desagradables a priori pueden convertirse, a fuerza de repetición, en muy placenteros, hasta el punto incluso de convertirse en una adicción. Martin Lindstrom llevó a cabo un experimento junto con Elias Arts, especialistas en identidad auditiva global, «para identificar los cincuenta sonidos más poderosos y adictivos del mundo. ¿El tercer puesto? El sonido de un móvil cuando vibra».[35] En mi opinión, este mecanismo mental también explicaría por qué triunfan determinados artistas que suenan en «Los 40 principales».

Al parecer, este fenómeno no sólo nos ocurre con el chile. La misma explicación encontraríamos también tras el éxito de las montañas rusas, las canciones tristes, los antihéroes canallas, las películas de terror o las bromas de mal gusto. Rozin explica estos casos con un fenómeno más conocido en psicología como **masoquismo benigno**: nuestra mente encuentra placer cuando engaña a

34. Ibídem.
35. Martin Lindstrom, *Así se manipula al consumidor*, Gestión 2000, 2011.

nuestro cuerpo haciéndole creer que está ocurriendo algo desagradable, mientras nuestro cerebro sabe perfectamente que está todo bajo control. Sufrimos mirando una película de miedo porque nuestros ojos *creen* que estamos viendo fantasmas, pero experimentamos placer porque nuestro cerebro *sabe* que en el fondo sólo es una película, actores que responden al grito de «acción». Lo pasamos mal sobre una montaña rusa porque nuestro cuerpo *cree* que caemos al vacío, pero experimentamos placer porque nuestra mente *sabe* que se trata de un vagón bien sujeto a sus raíles (o al menos en eso confiamos). De hecho, a partir de cierta edad engañar a nuestro cuerpo es el único placer realmente accesible, y si no pregúntale en qué piensa a cualquier onanista sesentón. Desde luego no es algo que nos gustará escuchar, porque nos deja sin justificación para muchos de nuestros comportamientos. Pero la realidad es que nos gusta que nos maltraten lo justo, siempre y cuando sepamos que en realidad no hay para tanto.

OT 5. Domingo, 8 de octubre de 2006, 19.00 horas

Primera reunión con los otros cuatro jueces del programa para hablar sobre lo que se supone que íbamos a escuchar esa misma noche. En la sala se encuentran Noemí Galera, directora de casting de Gestmusic; Javier Llano, director de Cadena Cien; Greta, adorable cantante del grupo musical Greta y los Garbo, y Josep Maria Mainat, socio de Gestmusic y productor ejecutivo de «OT». A cada miembro del jurado se le entrega un dossier con los nombres de los aspirantes y las canciones que interpretarán. En el televisor vamos visionando el ensayo general de la gala, donde cada concursante ensaya por última vez su canción. Todos los miembros del jurado son invitados a hacer sus comentarios en voz alta.

Yo permanezco callado, tratando de disimular lo poco que me gusta el formato. ¿Y cómo acabo ahí, si tanto detesto el programa? El culpable hay que buscarlo unos meses antes, concretamente en abril de ese mismo año.

Capítulo 4
Hablo de la molestia inevitable

> Hasta que no luchas por algo, no te conviertes en quien eres.
>
> SIGOURNEY WEAVER

Lo natural es molestar. Y siempre lo ha sido. Incluso para la semiótica, esa disciplina que estudia la interpretación y producción del sentido de las palabras y que nos dice lo que hay que entender de cada término: «**Como en castellano lo artificial se ha considerado siempre falso, la sinceridad se asoció a lo natural**. Así se fueron perfilando dos constelaciones antónimas. De un lado: espontáneo, natural, sincero, instintivo, no deliberado, libre. De otro: deliberado, artificial, falso, afectado, voluntario».[36]

José Antonio Marina cita a Oscar Wilde: «No hay acción inocente, porque sólo se actúa de cara a lo prohibido. **Actuar es agredir, ofender, oponerse, dar forma**. Quien se conforma con lo dado (el inocente o el que juega a animal) no comete ac-

36. Marina, op. cit.

ciones, padece los sobresaltos del mecanismo universal, rueda por inercia».[37]

El progreso, el arte y hasta la cultura se han basado, desde tiempos inmemoriales, en la molestia a la autoridad y al poder establecido.

> La tradición más viva y creadora de la cultura occidental no ha sido nada conformista, sino precisamente lo contrario: **un cuestionamiento incesante de todo lo existente**. Ella ha sido, más bien, inconforme, crítica tenaz de lo establecido, y, de Sócrates a Marx, de Platón a Freud, pasando por pensadores y escritores como Shakespeare, Kant, Dostoievski, Joyce, Nietzsche, Kafka, ha elaborado a lo largo de la historia mundos artísticos y sistemas de ideas que se oponían radicalmente a todos los poderes entronizados. Si sólo fuéramos los lenguajes que impone sobre nosotros el poder, nunca hubiera nacido la libertad ni hubiera habido evolución histórica y la originalidad literaria y artística jamás hubiera brotado.[38]

Incluso hoy, las mejores causas que conocemos están avaladas siempre por la lucha frontal contra una molestia. Asociaciones para la defensa de los animales, para la defensa de los derechos humanos, en defensa del medio ambiente...; cuando pensamos en una asociación de «algo», lo hacemos siempre con respecto a un «algo» universal, esencial para el progreso de la civilización y ligado a nuestro pleno desarrollo como seres humanos.

Sin embargo, no siempre tiene por qué ser así: Asociación Gastronómica del Huevo Frito Con Puntilla, Asociación de Abducidos de Compostela (AAC), Cofradía Marinera de Vallecas, Asociación Nacional de Amigos del Conejo (ANAC), Asociación Nacional Amigos Del Conejo Gigante Español (ACOGIES), Asociación Om-

37. Marina, op. cit.
38. Mario Vargas Llosa, *La civilización del espectáculo*, Alfaguara, 2012.

niversal de Amigos de los Ordinales (AOAO), Asociación Internacional de Pueblos con Nombres Feos, Raros y Peculiares (sede en Guarromán, Jaén), Asociación de Salsas, Caldos y Sopas (Fruto de la fusión de la Asociación de Salsas y Condimentos Preparados, con la de Caldos y Sopas), Asociación Nacional de Cría y Engorde del Caracol (ANCEC), Fundación Marquesa de Balboa Ancianos Solitarios Venidos A Menos (ASVAM), Amigos De La Buena Vida (ABUVI), Asociación de Amigos del Capitán Trueno, Asociación Raphaelista...

Se trata de casos reales, todas son asociaciones que existen hoy en el registro de asociaciones del Ministerio del Interior. Sí, todas ellas están dadas de alta. Yo pensé lo mismo.

No sé si es lógico que exista una asociación que defienda los números ordinales, ni se me ocurre quién los estará atacando, ni me imagino organizaciones clandestinas enemigas tratando de exterminar de nuestro mundo todos los números ordinales mientras un líder malvado y oscuro suelta sonoras carcajadas cada vez que alguien habla del «doceavo» título que ha ganado. Lo que sí sé es que hay gente que está dispuesta a reunirse los sábados por la tarde para hablar de la cría y engorde del caracol. Y supongo que si un día a alguien se le ocurre hacer ostentación de un caracol anoréxico, esta asociación se le tirará encima, como tiene que ser.

Para los que trabajamos en publicidad, este tipo de asociaciones siempre están ahí para darnos algún tipo de alegría. Detrás de cada campaña con éxito, siempre hay alguna reclamación o alguna demanda de su correspondiente asociación que se ha sentido herida, violada, ultrajada, vejada o simplemente molesta. Por citar alguno, en 2005 Renault lanzó un *spot* de su modelo Scénic en el que una familia salvaba a un cervatillo de un grupo de cazadores. Muy mono. Muy cuco. Muy todo, él. Hasta que llegó la Real Federación Española de Caza (a la que imagino que pertenecerán miembros tan ilustres como su majestad el Rey de España, tan aficionado al deporte de la caza) e hizo retirar el anuncio, por ser «un

golpe a una actividad legal, practicada por millones de personas y respetuosa con la naturaleza».[39] Un saludo para los paquidermos que queden en Botswana.

Pero no es el único ejemplo, ni mucho menos. Cada año se añaden a la lista numerosos y honrosos casos en los que nuestro país vuelve a demostrar que está situado a la cabeza mundial en lo que se refiere a susceptibilidades heridas, o mejor dicho, fácilmente irritables. Así, Águila Amstel ofendió a los colectivos de gays y lesbianas por decir que un transexual «es un tío»;[40] Turespaña fue criticada por una gráfica en la que se veían las marcas que el sol había dejado en el cuerpo de una mujer;[41] un *spot* de Bocatta recibió una denuncia por parte de la Unión de Campesinos de Cataluña por considerar que ofrecía una imagen denigrante de los trabajadores rurales;[42] Coca-Cola fue denunciada por las asociaciones de *scouts* por una campaña que según ellos les ridiculizaba;[43] Casa Tarradellas fue denunciada por asociaciones de consumidores porque en sus anuncios salía un niño que se comía una pizza entera,[44] y así decenas y decenas de casos que han tenido siempre el mismo resultado: la retirada más o menos inmediata de la campaña en cuestión.

Quien, además, tenga la suerte de tener trabajo de publicista en España (mientras escribo este libro, me han dicho que alguno queda), seguro que ya ha tenido el placer de conocer un organismo autorregulatorio mal llamado Autocontrol, formado por anunciantes, agencias y medios, que, según ellos mismos, se ocupa de trabajar «por una buena publicidad: una publicidad

39. http://bit.ly/TOusHF
40. http://bit.ly/d7YJ6k
41. http://bit.ly/11D6y8E
42. http://bit.ly/1ezp7u
43. http://bit.ly/RV3p23
44. http://bit.ly/YyFFnB

veraz, legal, honesta y leal». No puedo estar más de acuerdo en lo de leal.

En 2004, Morgan Spurlock, del que ya hablaremos más adelante, estrenó su película *Supersize me* en España. El documental consistía en un interesante experimento en el que el director del filme se sometía a una estricta dieta de menús fabricados por una conocida cadena estadounidense de hamburgueserías (no daré su nombre, pero creo que se anuncia con una eme amarilla sobre fondo rojo), con las consecuencias lógicas sobre el peso y la salud del protagonista. Vamos, que la marca no salía espe-

Morgan Spurlock, director de *Supersize me.*

cialmente bien parada. Hasta ahí, todo bien. El problema llegó cuando la distribuidora intentó lanzar el anuncio de televisión en España promocionando la película y le fue absolutamente imposible. La razón hay que buscarla en Autocontrol, que «desaconsejó» a las cadenas de televisión (¿pero no eran ellas mismas?) emitir el anuncio, acogiéndose «al artículo 6 b) de la Ley General de la Publicidad», que dispone que es publicidad desleal la «que haga uso injustificado de la denominación, siglas, marcas o distintivos ajenos».[45] Un gran ejemplo de lealtad, sí, pero hacia quién.

¿Y de verdad que a las personas nos ocurre lo mismo? Sí, sí, sí, y me temo que siempre va a ser que sí. Las personas físicas reproducimos a pequeña escala lo que ocurre con las personas jurídicas. Con medios y posibilidades diferentes, pero con resultados muy pero que muy similares. La molestia es necesaria en nuestra toma de decisiones más cotidianas. Nos dejamos influir por las opiniones ajenas hasta el punto de fijarnos en qué es lo que hacen para decidir qué haremos, desde qué le disgusta a la gente como yo, hasta qué le gusta a la gente que no tiene nada que ver conmigo. Reproduzco un texto del gurú Martin Lindstrom, que lo explica muy bien:

> Muchos de nosotros pasamos el día —al menos una parte— **maldiciendo** en silencio a otros seres humanos. El tipo del Hummer que nos corta el paso en el cruce. La anciana de la cola del supermercado que cuenta las monedas una por una. Los adolescentes con sudaderas azules con capucha sentados delante del colmado, que nos impiden llegar al coche. **Quizá nos molesten, pero a fin de cuentas, confiamos en estas personas, y en otras como ellas para que nos ayuden a establecer nuestras preferencias de compra; por supuesto, con algo de ayuda de empresas y vendedores.**[46]

45. http://bit.ly/UeeoxX
46. Lindstrom, op. cit.

Necesitamos ser molestados. Es inherente a la convivencia, sí. Pero, sobre todo y ante todo, es un atajo para discriminar lo antes posible qué comprar y, sobre todo, qué NO comprar.

Capítulo 5
Hablo de la molestia rentable

> No conozco la clave del éxito, pero sé que la clave del fracaso es tratar de complacer a todo el mundo.
>
> WOODY ALLEN

Domingo, 5 de agosto de 2012. En Televisión Española, como cada tarde desde hace unos días, se retransmiten en directo los Juegos Olímpicos de Londres, y hoy le toca al estreno de la natación sincronizada. Entre los comentaristas, la nadadora ya retirada Gemma Mengual, poseedora de dos platas olímpicas, dieciocho títulos mundiales y diecisiete europeos, se dedica a destrozar literalmente las actuaciones de los países rivales. Desde decir que el número de las chinas ha sido «horroroso», hasta calificar un ejercicio como «fácil, bañador cutre, éste no pasa de ronda». Las redes sociales, encendidas, la convierten en *trending topic* y llegan a calificarla como «el Risto Mejide de la natación sincronizada».[47] Todo un honor, pero ya me gustaría a mí: ella al menos sabe de lo que juzga. En fin, el resultado, cuando se conocen las audiencias al día siguiente, es incontestable: mientras la media de los Juegos

47. http://bit.ly/OXITep

Olímpicos no pasa del 14 por ciento, la intervención de Gemma dispara los *ratings* hasta el 17,5 por ciento. Tres puntos de *share*, una barbaridad, y mucho, mucho dinero (en el supuesto de que la pública española volviese a tener publicidad y que UTECA le dejase, claro).

Ser escuchado es cada vez más caro. Convertirse en un alto en el camino por el que todo el mundo tiene que pasar es, hoy en día, casi una utopía. Las empresas lo saben y lo sufren cada día en sus cuentas de resultados. La teoría del *long tail* ha dejado de ser un éxito de ventas para convertirse en una peligrosa amenaza para el consumo de masas.[48] El mercado está cada vez más atomizado, más fragmentado, más saturado y, lo que es peor, más sordo.

Por todo ello, hoy por hoy existen sólo dos caminos para hacerte escuchar en cualquier mercado. Uno es cada vez más caro, y el otro en cambio es cada vez más económico.

El primero es el de las grandes corporaciones, con juntas de accionistas multitudinarias y miles de millones de euros de facturación. Es el camino de los grandes *spots* en cine y televisión con modelos representativos de todas las clases sociales y doblados a todas las lenguas oficiales y cooficiales, anuncios que tienen que ser aprobados por varios niveles ejecutivos y consejos de asesores antes de llegar al presidente. Es el camino de no ofender a nadie, querer complacer a todos e intentar ante todo y ante todos quedar bien. Es el camino del 15 por ciento de las empresas de nuestro país, que manejan presupuestos de nueve cifras en inversión en medios para repetirnos una y otra vez el mismo mensaje, porque, si no lo hacen ellos, nadie más lo hará, porque no tienen un producto memorable, para no hablar de su publicidad. Es el camino de la molestia mala, es cada vez más caro y, paradójicamente, cada vez menos creíble, porque todos sabemos que es mentira, que sólo pretenden caernos bien.

48. http://amzn.to/ueIwx

De eso mismo se quejaba Mike McGrady, conocido periodista que en 1969 decidió lanzar un órdago a la cultura literaria estadounidense poniendo en evidencia que, como defendía, por su excesiva corrección política se había convertido en un criadero de obras de poca monta. A tal punto de autocomplacencia se había llegado, que McGrady sostenía que cualquier libro con suficiente contenido sexual, por mal escrito que estuviese, sobresaldría del resto y se convertiría automáticamente en un éxito de ventas. Y no contento con lanzar la tesis, se dispuso a comprobarla. Reunió a un grupo de veinticuatro periodistas amigos suyos (diecinueve hombres y cinco mujeres) y juntos publicaron la novela *Naked came the stranger* bajo el seudónimo Penelope Ashe, una novela carente de todo nivel literario y cuya trama consistía en la venganza —sexual, por supuesto— de una esposa despechada por la infidelidad de su marido. En sólo una semana se vendieron cien mil ejemplares, compartiendo lista de más vendidos con *El padrino* de Mario Puzo y *Siete minutos* de Irving Wallace. Y tras conocerse la verdad del proyecto, las ventas no sólo no dejaron de ascender, sino que se multiplicaron exponencialmente, vendiendo más de cuatrocientos mil ejemplares y ostentando durante trece semanas uno de los puestos más altos entre los más vendidos de *The New York Times*.[49] Todo simplemente por molestar de la manera adecuada. Ya lo definió muy bien Toscani en los ochenta:

> La mayor campaña de publicidad de la historia de la humanidad fue la de Jesucristo. Lanzó un eslogan universal: «Amaos lo unos a los otros». Y un logotipo formidable: la cruz. [...] Pues **si Jesucristo y su agencia Los Apóstoles desarrollaron la mayor campaña de comunicación de todos los tiempos, no fue principalmente con una imaginería respetuosa y vendedora de felicidad**. ¡Todo lo contrario! Un hombre clavado desnudo sobre una cruz, una comida con una parodia del canibalismo, una

49. Más en http://bit.ly/RxqMdY

> sesión de lapidación, leprosos abrazados, desgraciados por todas partes, enfermos repugnantes, un nacimiento en un establo en medio de los excrementos de los animales, sesiones de torturas inauditas, la sangre que salpica los clavos, el dolor de una madre frente a un hijo moribundo: **todo lo que detesta la publicidad se encuentra en este clip**. **Sin contar la provocación —en aquella época— a los prejuicios y el desafío al poder político**: exigir la fraternidad con los pobres, el perdón de los pecados, ayudar a los miserables, el amor al prójimo, el pacifismo, el respeto a las prostitutas, etc.[50]

El segundo camino es el del otro 85 por ciento. Las empresas —y las personas— que no se pueden permitir no molestar, porque no disponen del tiempo ni del presupuesto para pretender complacer a todo el mundo. Las que tienen que decir cosas para que se las escuche, porque se arriesgan a no decir nada y pasar desapercibidas. Esas que son conscientes de que cada euro invertido en comunicación, diseño, etc., tiene que rendirles mucho más de lo que les costó. Es el camino de la molestia buena, la que crea un contenido que interesa, que hace que los usuarios se tomen la molestia de mirarlo, reenviarlo y recomendarlo, la que los utiliza como medio, y lo hace gratis.

Fue lo que ocurrió en Kazajistán en 2006. Ese año, el presidente del gobierno Nursultan Nazarbayev estuvo sopesando la opción de denunciar a un actor británico por una película «que ridiculiza a esta república y a sus habitantes, que son mostrados como racistas, salvajes, antisemitas, misóginos e incestuosos». El nombre del actor y guionista del largometraje *Borat*, era Sacha Baron Cohen. Sin embargo, al final, la demanda no prosperó. Y menos mal que no lo hizo. Al cabo de pocos meses, el ministro de Turismo y Deporte de Kazajistán, Temirjan Dosmujanbetov, comparecía ante los medios para expresar su alegría y su más sincero agradecimiento a la película. Según afirmó el ministro, «el número

50. Oliviero Toscani, *Adiós a la publicidad*, Omega, 1995.

de turistas que quieren pasar sus vacaciones en Kazajistán crece año tras año». Y luego agregó que «en los primeros nueve meses de 2007 el número de turistas aumentó un 31,5 por ciento respecto al mismo período del año anterior y superó los 3,9 millones de personas».[51] Después del estreno se multiplicó por cuatro el número de turistas anuales, se colocó al país en el mapamundi, e incluso hubo que atender las solicitudes de periodistas de dieciocho países que querían comprobar si lo que aparecía en la película era cierto. Toda una campaña global que en la vida habría podido pagarse el gobierno kazajo. Y todo gracias a una gran molestia.

Dicho de otro modo, si ahora mismo yo te diese 65.000 dólares, ¿cómo los convertirías en una buena inversión? Puede que pensaras en invertirlos en un fondo, en bolsa, en Bankia, en Nueva Rumasa o en una *start-up*. Ésas serían las opciones sin molestar a nadie, tratarías de ser buena gente y acabarías bien jodido. Pero imaginemos ahora que te pido que me devuelvas ese dinero multiplicado y convertido en una cantidad más que razonable dentro de cinco meses. Pongamos que te pido dieciocho millones de dólares. Sí, en cinco meses. La respuesta (legal) es clara: deberías crear algo que interesase a mucha gente, a poder ser de todo el mundo, para que te pagaran mucho dinero por la distribución y venta exprés de ese algo. Y qué mejor y más rápida manera de conseguir una alta rentabilidad que creando una gran molestia.

Lo mismo que se planteó Morgan Spurlock en el año... (si no sabes contestar, vuelve al capítulo anterior y haz el favor de leerme con atención). Su intención seguramente no era, en principio, ganar la increíble cifra de dieciocho millones de dólares, pero fue lo que al final consiguió gracias a una de las molestias mejor producidas de los últimos años. Bueno, consiguió eso, y que un gigante como McDonald's (perdón, esa marca de comida rápida cuyo

51. http://bit.ly/UnxhAL

logotipo es un fondo rojo con una gran eme amarilla) dejara de servir sus raciones grandes (*supersize*) de bebidas y patatas fritas en los más de trece mil establecimientos que tiene la cadena de comida rápida en Estados Unidos.

El vehículo, el grandioso *Supersize me*, se convirtió en el cuarto documental más taquillero en la historia de Estados Unidos, premiado en Sundance y nominado a un Oscar como Mejor Documental del año. Con poquísimo presupuesto, había logrado molestar al gigante. Y como estamos comprobando, detrás de toda gran molestia, aguardan grandes beneficios.

«El Invento del Siglo.» Algún día de abril de 2006, mediodía

En medio de un *brainstorming* para una campaña de cuya marca no puedo acordarme, recibo una llamada de esas que te cambian la vida. Alfons Cornella, ex profesor de la carrera, admiradísimo amigo y colega, me pide disculpas por la llamada, pero es que tiene que dar una respuesta pronto y necesita consultarme algo.

Yo, como siempre, al principio me hago el ocupado pero en seguida le pregunto de qué se trata sin demostrar demasiado interés, no vaya a ser. Alfons me cuenta que le han llamado para que aparezca en un programa de televisión. Yo le contesto que cómo se nota que no lo conocen. Aparte de ser un sabio despistado, una de las personas más inteligentes del país y un auténtico gurú de la innovación, Alfons es un tipo sencillo, humilde y muy tímido, atributos exactamente opuestos a los míos.

El concurso, me cuenta —porque es un concurso—, va sobre inventores. Lo han llamado a él como experto en innovación para juzgar qué inventos merecen pasar a la siguiente fase y llevarse el premio a «El Invento del Siglo», que es como se llama el programa.

Alfons ha declinado amablemente la invitación, pero se ha comprometido a dar tres nombres. El tercero es el mío, y me llama para pedirme permiso para incluirme en la lista. Yo le contes-

to que ningún problema, totalmente consciente de que me falta todo lo que a Alfons le sobra: sabiduría, humildad y discreción, lo cual me convierte en el candidato ideal.

Capítulo 6
Hablo de la molestia que genera interés

Que hablen de uno, aunque sea bien.

Oscar Wilde

Créete a los que busquen la verdad. Desconfía de los que aseguren haberla encontrado.

André Gide

El 10 de octubre de 2005, Lluís Amiguet realizó una entrevista[52] a uno de los escritores más reconocidos de los últimos tiempos, pocos años antes de que éste falleciera. No era un escritor cualquiera. Se trataba de la única persona que ha conseguido hasta la fecha ser número uno en Estados Unidos con un libro (*Acoso*), una película (*Parque Jurásico*) y una serie de TV (*Urgencias*), todo ello al mismo tiempo. Se trataba, por tanto, de alguien que conocía muy bien los mimbres y las emociones que hacen que nos enganchemos a una historia y la compremos en cualquier formato. Un escritor que *algo* sabía sobre vendernos historias. Se trataba del gran Michael Crichton. En la que iba a ser su última visita a España, presentaba su nuevo libro, *Estado de miedo* (al que también volveremos más adelante), y todo parecía tratarse de una promoción al uso, con sus preguntas y respuestas enfocadas única y exclusiva-

52. *La Vanguardia*, «La Contra», 10 de octubre de 2005.

mente a generar interés por la compra del libro cuando, de pronto, el entrevistador preguntó: «¿Ve cómo le gusta hacer ruido?». A lo cual, Crichton contestó: «Puedes cuantificar el interés de una de tus afirmaciones porque es directamente proporcional al malestar que provoca. **Si dices algo, molestas a alguien y si nadie se queja, es que no has dicho absolutamente nada**».

Ahí lo tienes. Lo que ya he bautizado como Teorema de Crichton.[53] Quien quiera provocar algo de interés de una forma eficaz y barata, más le vale molestar a alguien. Pero es que aún hay más. No queda ahí la cosa. Fijarse sólo en el corto plazo sería incompleto. Nuestra apuesta no debería acabar ahí. Sería un fogonazo, una moda, pan para hoy y hambre para mañana.

A medida que uno conoce el lado oscuro del marketing y de la comunicación de masas, se da cuenta de que si uno se fija en las grandes marcas, molestar es necesario también para construir una marca, para poder construir un diálogo a largo plazo. Según asegura el gurú del *branding* J. N. Kapferer, siempre hay que preguntarse: «¿**Contra quién va la marca**? En el contexto competitivo de hoy en día, esta cuestión define los principales competidores, entre otros aquellos a cuya clientela podremos capturar».[54] Como veremos más adelante, es una pregunta necesaria y clave para poder construir una gran marca.

El mayor riesgo que corremos es el de «sobrevalorar la transgresión y convertirlo en el fin último de lo literario. **Transgredir significa atravesar una frontera: la del buen gusto, la de la decencia, la de la moral (dominante)**. Pero en una sociedad no todos están de acuerdo, lo que es transgresor para unos no lo es para otros, y a menudo se celebra como transgresor lo que agrede al grupo opuesto».[55] Por eso siempre hablaremos de molestia que

53. Todavía hoy lo utilizo como biografía en mi cuenta de Twitter y *leitmotiv* de mi vida en general.

54. J. N. Kapferer, *The New Strategic Brand Management*, Kogan Page, 2008.

55. Ovejero, op. cit.

genera interés, no sólo de provocar gratuitamente ni de simplemente llamar la atención.

La notoriedad es un valor positivo en sí mismo, aunque lo que presentemos al mundo sea una mierda. Según un estudio de la Universidad de Wharton realizado sobre más de doscientos lanzamientos editoriales, sus respectivas ventas con sus correspondientes críticas literarias aparecidas en *The New York Times*, **la publicidad negativa y las reseñas feroces tienen un efecto positivo sobre las ventas de libros poco o nada conocidos simplemente por el mero hecho de dejar de serlo**.[56]

Sin embargo, si lo que queremos es convertirnos en un éxito de ventas, un fenómeno de la temporada, hay que esforzarse para conseguir algo más que una mala crítica. En marzo de 2012 se estrenó en internet el vídeo más viral de la historia, el que más interés ha recibido en menos tiempo desde que existe internet,[57] y no fue precisamente uno de Michael Jackson, Lady Gaga, Justin Bieber o ni siquiera mío. Eso habría sido un vídeo a favor de algo, y no es ésa la postura que estamos defendiendo aquí. El vídeo en cuestión recibió la friolera de más de cien millones de reproducciones en tan sólo seis días, era de una duración anormalmente larga, casi rozaba la media hora, y su título, ahora ya convertido en fenómeno de masas, era «Kony 2012». Y sí, iba contra algo de forma descarada.

La idea detrás de su contenido era muy simple: la organización Invisible Children,[58] de la mano del cineasta Jason Russell, decidió que la mejor forma de solventar un problema era haciéndolo visible. Y ¿cuál era el problema? ¿Contra quién iba el vídeo? Contra un dictador ugandés llamado así, Joseph Kony, un tipo bastante despreciable que se dedicaba a reclutar y martirizar niños para su Ejército de Resistencia del Señor y del que poco o nada sabía-

56. http://bit.ly/VlLGfy
57. http://bit.ly/yh2azX
58. http://www.kony2012.com

mos hasta que Russell y los suyos decidieron hacérnoslo visible, ponernos frente a él. A lo largo de más de veintinueve minutos asistimos, de una forma absolutamente parcial y carente de paliativos, a las atrocidades que cometió y supuestamente seguía cometiendo el tipo en cuestión, hasta llegar a un final de lo más provocador.

Y es que más allá del inmediato éxito del vídeo en las redes sociales, lo más interesante del caso fue lo que pasó después. Atraer la atención y el interés mundial sobre un problema de forma tan notoria hizo que de pronto estrellas de todo el planeta se solidarizasen con la causa. Personajes como George Clooney u Oprah Winfrey salieron a la palestra para denunciar la existencia de este sujeto, gente de todas partes del mundo empezó a organizarse y a pedir a sus representantes que hicieran algo, y hacían una invitación a seguir con la marea contra Kony para lograr detenerlo antes de que finalizase 2012.

El vídeo en sí era una invitación a enrolarse en la armada mundial para destituir al monstruo. Un alegato contra la pasividad de nuestros gobernantes, que sólo intervienen en aquellos países en los que tienen intereses estratégicos, energéticos, etc., y un duro golpe a nuestro pasotismo como habitantes de una realidad global. Como bien se ocuparon de destacar los detractores del vídeo (donde hay un éxito, hay siempre un detractor),[59] el vídeo costó más de 850.000 dólares de los fondos de la ONG y su contenido estaba pensado y perpetrado desde un principio para manipularnos.[60] Por una buena causa, sí, pero manipularnos al fin y al cabo. Pero lo más importante es que funcionó. Y vaya si funcionó: «En resumen: el vídeo provoca una emoción que incita a la acción y a la replicación. Podría, por ejemplo, no provocar nada, o provocar tristeza, **pero entonces no funcionaría**».[61]

59. http://bit.ly/WIUc9x
60. http://bit.ly/YNYK3Q
61. http://bit.ly/VjD9Kp

Camiseta de la campaña de Invisible Children,
«Kony 2012».

De nada sirvió que el primer ministro de Uganda saliese en otro vídeo[62] días después explicando que hacía años que ese señor no campaba a sus anchas por su país —que ahora ya era «un país en desarrollo moderno, que disfruta de paz, estabilidad y seguridad»—,[63] que los autores del vídeo reconociesen que habían «simplificado el conflicto a propósito»,[64] o que su instigador fuese detenido una semana después en San Diego por «estar ebrio y masturbarse en público».[65] El daño ya estaba hecho. La molestia había atraído el interés. La molestia había triunfado.

62. http://bit.ly/11Sla3b
63. Ibídem.
64. http://bit.ly/xUw39v
65. http://bit.ly/YNYK3Q

Capítulo 7
Hablo de la molestia fiable

> El cerebro es un órgano maravilloso. Empieza a trabajar desde que te levantas y no para hasta que entras en la oficina.
>
> Edward de Bono

Mi madre, además de ser la mejor persona que conozco, ha sido siempre una gran psicóloga. Gracias a ella y a su mano izquierda, fui el último de los niños de mi colegio en enterarme de que los Reyes Magos eran los padres (ok, es verdad, aún a veces tengo mis dudas). Pero fue gracias a su pericia como educadora, y sobre todo como comunicadora, como logró que yo siguiera creyendo en la magia un año más que el resto de mis compañeros. Y fue la manera como lo hizo lo que todavía hoy me fascina.

Todos lo hemos vivido: un día, cada vez más pronto que tarde, llega el enteradillo de la clase y te lo espeta así, sin miramientos. Tus padres te han estado tomando el pelo. Y tú eres un *pringao* por no darte cuenta. Es el primer gran triunfo del escepticismo contra lo que jamás cuestionamos, contra la palabra de papá, que va siempre a misa. No hay mayor molestia que la de sentirse engañado por quien tú más quieres. Te falla tu fuente más fiable, y ese día

no se olvida jamás. Todos hemos vuelto a casa y formulado la pregunta con terror a la posible respuesta:

—Mamá, ¿los Reyes sois los padres?

Lo que en idioma adulto significa:

—Madre, ¿serás capaz de engañar a tu propio hijo? ¿Eh?

Si mi madre hubiera contestado la verdad, el escéptico la habría ganado... para siempre. Sin embargo, lo que hizo fue ganarle la batalla con sus propias armas. Escepticismo contra escepticismo. Si yo me mostraba más dispuesto a creerme al más escéptico, ella se subiría a ese pódium. Su respuesta fue bien clara: sin pestañear y casi sin meditarlo ni un segundo, contestó:

—Eso es lo que le dicen a los niños malos los papás que ven que los Reyes no les han traído nada. Como quieren que sus hijos sigan recibiendo regalos, los papás se ven obligados a suplantar a los Reyes Magos. Y para no confesarles que los auténticos Reyes Magos no les han traído nada, les mienten y les dicen que no existen.

Bingo. A partir de ese día, a cada enteradillo nuevo que me venía con el cuento de los padres, yo no podía hacer otra cosa que mirármelo con displicencia y compasión, como pensando «Si tú supieras», y eso sí, mi madre siguió ostentando el título de fuente más fiable de mi vida durante, al menos, doce meses más.

Primer aprendizaje. Lo molesto es más fiable porque nos fiamos antes del escéptico (es el listo, el que ve algo que yo no estoy viendo) que del crédulo (que es percibido como un tonto, novato e ingenuo). Nos lo creemos más. Qué le vamos a hacer. Y la razón de todo hay que buscarla en el miedo. «Según Gavin Johnston, que se basa en las ciencias del comportamiento para asesorar marcas, **muchas marcas viven de lo que los antropólogos denominan "miedo panorámico"; es decir, una sensación agobiante de pérdida de control, que impulsa a los consumidores a luchar por encontrar cualquier tipo de tranquilidad posible**.»[66] Por definición, el escéptico suele ser más prudente —o más inoperan-

66. Lindstrom, op. cit.

te— que el crédulo, y nuestra tendencia natural a querer controlarlo todo nos acercará naturalmente a su posición.

En segundo lugar, lo molesto es más fiable porque nos creemos más una amenaza que una promesa. Somos así. Así funcionamos, aunque no nos guste, está demostrado.

> «En un sorprendente estudio de 2008, los investigadores de la Universidad de Bath (Reino Unido) descubrieron que **el miedo al fracaso mueve mucho más a los consumidores que una promesa de éxito; esto último, curiosamente, suele paralizar, mientras que lo primero estimula (y obliga a abrir carteras)**. De hecho, como reveló el estudio, el mejor persuasor consistía en ofrecer a los consumidores una breve visión del "temido yo" futuro.»[67]

Salvador Ruiz, profesor de Investigación de Mercado de la Facultad de Economía de la Universidad de Murcia (UMU), publicó junto con Longinos Marín, también profesor de la UMU, un estudio titulado «La identificación del consumidor con la empresa». En una entrevista en la que presentaba dicho estudio aseguró que: «**Lo que digan otros consumidores de la marca nos resulta creíble, porque tendemos a prestar más atención a las noticias negativas que a las positivas relacionadas con los productos**».[68]

En tercer lugar, lo molesto es más fidedigno porque lo negativo es siempre más estimulante (y por lo tanto más comprable) que lo positivo. Somos mucho más creíbles cuando lanzamos una soflama pesimista que cuando nos dedicamos a hablar bien del futuro. Y es que no hace falta haber leído las *Coplas por la muerte de su padre* para saber que el ser humano está programado para creer que cualquier tiempo futuro SIEMPRE será peor: «**Nuestro cerebro está programado para recordar las experiencias pasadas como si hubieran sido mucho mejores y más agradables que**

67. Lindstrom, op. cit.
68. http://bit.ly/IXgTb

como las vivimos en su momento; un fenómeno llamado "recuerdo rosa" o "retrospección optimista"».[69] Se trata de una tendencia que encima se agrava cuando las cosas se ponen feas:

> «Nuestra tendencia a idealizar los tiempos pasados contribuye a explicar por qué el marketing nostálgico es tan potente en épocas de inestabilidad económica. Cuando baja la bolsa, sube el endeudamiento personal, el cambio climático es noticia y la seguridad laboral es algo del pasado, los consumidores preocupados buscan el equivalente al por menor de un alimento reconfortante: los sonidos, los olores y, por consiguiente, el aspecto familiar de las marcas más queridas de la infancia».[70]

En cuarto lugar, lo molesto es más fiable porque nos cuesta mucho más saber lo que queremos, que lo que no queremos. Nos definimos antes con un no que con un sí. O dicho de otro modo, para llegar a un sí, pasamos primero por mucho noes.

Por último, lo molesto es más fiable porque **cualquier imperfección es siempre mucho más auténtica y creíble que la perfección absoluta, símbolo de artificialidad y por tanto generadora de desconfianza**. Como asegura Lindstrom: «A muchos consumidores **les atraen las pequeñas imperfecciones**, y las empresas lo saben. Es algo estético, como el término japonés *wabi-sabi*, que puede traducirse por el arte de encontrar belleza en la naturaleza, ya sea una mancha marrón en un plátano, o un nudo en la corteza de un árbol».[71]

69. Lindstrom, op. cit.
70. Lindstrom, op. cit.
71. Lindstrom, op. cit.

«El Invento del Siglo.» Otro día de abril de 2006, por la tarde

Dos días después de la llamada de Alfons, recibo la llamada de Tinet Rubira,[71] director del programa, con el que me une nuestra ya mítica amistad y uno de los tipos más inteligentes que pueblan el ámbito televisivo. Me cuenta que me ha visto en una conferencia en YouTube que le había pasado Alfons (quizá la conferencia más lamentable que haya dado en mi vida, eso sí, en el Palau de la Música y ante mil y pico empresarios y el *President* de la Generalitat), que los otros dos nombres de la lista por lo visto han dicho que no y que quiere que nos conozcamos en persona.

El encuentro se realiza en las oficinas de Gestmusic en Barcelona. Tinet me explica la mecánica del programa, una adaptación del «American Best Inventor» que ya había triunfado en Estados Unidos. Yo formaría parte de un jurado, compuesto por Pilar Jericó, experta en *coaching* y formación de talento; Manuel Matellán, presidente del Club de Inventores; Gabriel Cerdá, exitoso empresario e ingeniero industrial de formación, y un servidor. Tinet nos propone que nos desplacemos tres días a Bilbao, donde cada año se celebra la Feria de Inventores, y llevemos allí a cabo el *casting* para el programa.

Yo le digo que sí a Tinet, pero le advierto que no soy ni de lejos el gurú de innovación que habría tenido con Alfons, que ni de lejos estoy a su altura y que como mucho soy un publicista que si se tiene que guiar por algún criterio profesional, lo máximo de lo que podrá echar mano es sobre sus expectativas de poder vender el invento, si aquello que le pongan delante le parece vendible o no. Dicho de otro modo, si me vería haciendo una campaña para tal o cual cachivache (cómo me gusta esta palabra, cachivache, cachivache, cachivache). Tinet me mira con una mezcla de preocupación y desesperanza, y aun así me dice que haga lo que crea conveniente, que confía en mí. Con el tiempo se arrepentirá varias veces de haberlo hecho.

72. Apodado por Paolo Vasile como «El Príncipe del Entretenimiento» el 7 de septiembre de 2012.

Capítulo 8
Hablo de la molestia viral

> Si les ofreces una gran experiencia, los clientes se encargan de contarlo.
>
> Jeff Bezos,
> consejero delegado de Amazon

El tiempo de las evaluaciones juiciosas ha pasado a la historia. La vida y sobre todo el ritmo de nuestra era no tiene nada que ver con la reflexión y la pausa, sino más bien con un atolondramiento de decisiones demasiado documentadas.[73] Hay mucha más información de la que jamás seremos capaces de consumir, y ya no digamos asimilar. Y cuando se tiene cada vez menos tiempo para juzgar las cosas, hay que echar mano de valoraciones prestadas. En la era de las redes sociales y la sociedad hiperconectada, no es de extrañar que el 90 por ciento de los consumidores acuda a la opinión de los demás antes de realizar una compra. Gente que haya pensado por mí, gente que ya haya pasado por esto.

En ese entorno, la crítica viaja muchísimo mejor que el halago. Salvador Ruiz —además de profesor de la UMU, fue ganador del premio de la *Revista Española de Investigación de Marketing ESIC*—

73. La famosa «infoxicación» de Alfons Cornella.

lo equipara a un virus contagioso; según él, el cliente insatisfecho lo tiene claro: «**Cuando usted no está satisfecho con su compra lo dice diez veces más que cuando sí lo está. Esto genera un rumor que se transmite mucho más rápido que la gripe A**».[74] Es una ley inmutable del marketing. Los consumidores molestos están mucho más motivados que los satisfechos: «Un 96 por ciento de clientes insatisfechos no se queja, simplemente se va y no vuelve; el cliente satisfecho transmite su sensación a tres o más personas, mientras que **el insatisfecho deja ver su descontento a nueve o más personas, pues una mala experiencia siempre es motivo de conversación**. Un cliente insatisfecho que se queja, sumado a diecinueve que no lo hacen, equivale a veinte insatisfechos y al menos a ciento ochenta influenciables y predispuestos de forma negativa. Cuesta dinero».[75]

¿Ciento ochenta? ¿Sólo? Definitivamente, esta ley es otra de las muchas que se están quedando rápidamente obsoletas y desfasadas. Hoy en día, tu poder de influencia se mide en amigos (Facebook), en seguidores (Twitter), en conexiones (LinkedIn), etc., y cualquier anónimo puede alzarse con un poder desproporcionado a su nivel de notoriedad pública simplemente gracias a su ingenio, su relevancia o su aportación de valor en la red.

El nombre Dave Carroll a priori igual no te dice nada. Pero si lo pones en Google, obtendrás algo así como cuatro millones de resultados.[76] Nacido en Nueva Escocia y residente en Halifax (Canadá), la vida de Dave Carroll como intérprete desconocido de country habría pasado sin pena ni gloria si no fuera porque el 31 de marzo de 2008, en un trayecto de Halifax a Omaha, la aerolínea United Airlines le devolvió su guitarra Taylor 710 de 3.500 dólares (unos 2.600 euros) totalmente destrozada y hecha un auténtico asco. Según cuenta el mismo Carroll, «nuestro bajista miraba por

74. http://bit.ly/IXgTb
75. http://bit.ly/UFhnUN
76. Consultado el 27 de febrero de 2012.

la ventana cuando vio que su bajo había sido manejado sin ningún cuidado por el personal de United. Mi Taylor 710 de 3.500 dólares había sido lanzada justo antes».[77] Tras nueve meses de reclamaciones, llamadas y largas, la respuesta de United fue definitivamente decepcionante: la empresa no se haría responsable ni siquiera de una reparación de 1.200 dólares. Fue entonces cuando Dave tuvo una idea. «Les dije que escribiría tres canciones sobre mi experiencia con United Airlines. Haría vídeos para esas canciones y los ofrecería en YouTube y en mi página web, invitando a los espectadores a votar su canción favorita de United. Mi objetivo: conseguir un millón de visionados en un año.»

Lanzado en julio de 2009, el divertido vídeo de la primera canción, «United Breaks Guitars», en el que explicaba la historia sobre United y donde obviamente la compañía no salía muy bien parada, fue uno de los mayores éxitos del año en YouTube, corrió por internet como la pólvora y consiguió hacerse eco en medios del calibre de la CNN, *Los Angeles Times*, *Chicago Tribune*, la revista *Rolling Stone* y la BBC. Hoy por hoy,[78] su contador ya va por más de once millones de visionados.

Cuando este lío empezó, Dave Carroll era sólo un individuo enfadado, sin peligro aparente para una gran compañía como United Airlines. Hoy es un fenómeno en la red que acumula millones de pupilas pendientes de su historia, de hecho acumula más millones que las campañas de publicidad que la marca pueda pagar. Cuánto habrá deseado United Airlines haber pagado esos 1.200 dólares por evitar una contracampaña de semejante calibre. Cuántas veces habrá pensado alguien en el error que supuso tratar mal a un cliente. Y sobre todo, cuántos potenciales nuevos clientes habrá perdido United por culpa de ignorar el poder de la molestia.[79]

77. http://bit.ly/yWaWKf

78. Consultado el 27 de febrero de 2012.

79. La experiencia para Carroll fue tan positiva que meses después, junto a otros inversores, ha puesto en marcha Gripevine.com, una web especializada en

Algo parecido ocurrió en nuestro país en el caso «Miguel Nonay versus Renfe» en octubre de 2009:

> Miguel, una persona con movilidad reducida, necesita su «escúter guay», como él mismo lo denomina, una especie de *quad* eléctrico, para moverse en su día a día. Fue un momento amargo para Miguel cuando recibió un «no» por toda respuesta al solicitar a Renfe que le permitiera trasladar su silla cuarenta y ocho horas antes de iniciar su viaje, a pesar de estar dentro de las medidas que la propia empresa publicaba como admisibles para el transporte de objetos. Miguel no se quedó parado y escribió ese mismo día en su blog «A salto de mata», desde la razón y el enfado comprensibles, una entrada detallando la situación en la que Renfe le había colocado. A las 19.00 horas de ese mismo día recibió la llamada de una persona de la Agencia Atendo, el servicio de asistencia a viajeros con movilidad reducida de Renfe, que le comunicaba que no tendría ningún problema en transportar su escúter en el AVE. Sin ser consciente de ello, con su historia Miguel había dado pie a una fuerte reacción viral: muchos de sus seguidores se habían hecho eco de lo que había acontecido recogiéndolo en sus blogs, amplificando la primera piedra tirada al estanque por Miguel y cuya onda había llegado a Atendo.[80]

Insisto en la idea expuesta arriba: si tal y como recuerdan los autores de *El Manifiesto Cluetrain*, los mercados son «conversaciones», jamás existirá mejor conversación (ni más viral) que una mala experiencia, o como lo la llamamos aquí, una molestia.

---

hacer llegar las quejas de usuarios a las grandes compañías, otra forma más de estructurar la molestia.

80. Fernando Polo y Juan Luis Polo, *Socialholics*, Gestión 2000, 2012.

Capítulo 9
Hablo de la molestia escandalosa

Toda la gente del pueblo alabó enfáticamente el traje, temerosa de que sus vecinos se dieran cuenta de que no podían verlo, hasta que un niño dijo: «Pero ¡si va desnudo!». La gente empezó a cuchichear la frase hasta que toda la multitud gritó que el emperador iba desnudo. El emperador lo escuchó y supo que tenían razón, pero levantó la cabeza y terminó el desfile.

HANS CHRISTIAN ANDERSEN,
El traje nuevo del emperador

El escritor tiene como primer deber provocar el escándalo y como derecho imprescriptible escapar a sus consecuencias.

JEAN-PAUL SARTRE,
Situations I, 1947

Escandalizarse es gritarle al mundo que no tenemos sentido del humor cuando nadie nos lo ha preguntado. Y parece mentira, pero ahí afuera hay millones de personas deseando gritarle al mundo lo poco que son capaces de reírse. Hagámosles un favor. Sintámonos generosos. Por qué no. Démosles lo que quieren. Satisfagamos sus necesidades. Y hagámoslo de forma interesada, claro que sí. De esta forma, todos saldremos ganando.

Para utilizar a alguien como altavoz, para que empiece a trabajar para nosotros y encima que lo haga gratis, no hay camino más rápido y eficaz que lograr que se escandalice. Escandalizar es el

tipo de molestia más rentable que hay. Si logras emitir tu mensaje de forma que alguien se rasgue las vestiduras, por arte de magia ese alguien empezará a trabajar para ti difundiendo tu mensaje a los cuatro vientos, y recordémoslo, gratis.

Un maestro en esta materia es un mítico fotógrafo y publicista al que jamás me cansaré de citar, Oliviero Toscani. Hace muchos años, allá por los años ochenta, Toscani y el empresario Luciano Benetton se pusieron de acuerdo para lanzar una serie de campañas publicitarias para resituar la marca Benetton en el mundo de la moda. Había que hacer que la gente superase el «United Colors Of Benetton», campaña muy correcta, sí, pero que no vendía ninguna actitud más allá de la universalidad de la marca. En palabras del propio Toscani, «las campañas de Benetton mezclan géneros diversos —antirracismo, fotos de actualidad, desmentido de tópicos, etc.— y perturban el espacio publicitario con imágenes nunca utilizadas en este medio —y remarcadas al igual que crónicas editoriales o críticas sociales—, **provocando reacciones políticas y morales del público**. Funcionan como un inmenso periódico mural, un *dazibao* que **cuestiona nuestros tabús y nuestros miedos, que desencadena preguntas y debates inmediatos por la sola confrontación ante una imagen**. Estos anuncios no se parecen a ningún otro: **es por eso por lo que se consideran escandalosos: rompen nuestros hábitos**, vuelven a poner en tela de juicio toda la publicidad».[81] Toscani entendió en seguida que para hacer que una campaña triunfase, debía molestar a alguien «rompiéndole su rutina». Y si ese alguien era el Vaticano, mejor que mejor. No existe en el mundo mejor central de medios que el Vaticano. Si logras molestarles tanto como para que te censuren, el éxito de tu producto está asegurado. Y esto, durante treinta años, Toscani lo supo y lo dominó mejor que nadie. Ahí están sus campañas para demostrarlo.

Y ¿qué hay que hacer para escandalizar? ¿Cuáles son las posibi-

81. Oliviero Toscani, op. cit.

lidades? Resumimos aquí los cuatro caminos más eficaces para lograr que alguien se escandalice.

1. **El camino del sexo.** Lo practicamos menos de lo que contamos, lo contamos menos de lo que nos gustaría practicar. Y sin embargo, ahí está, como reclamo histórico para vender cualquier cosa. No hay más que ponerse a ver anuncios de fragancias para darse cuenta de que si no tienes un orgasmo cada vez que te perfumas, igual tienes un problema grave de frigidez. Y es que a la hora de escandalizar al prójimo, apelar a lo que tenemos entre las piernas puede que parezca muy primario, sí, pero funciona. Asombrosamente, por viejo que parezca el argumento, jamás se desgasta.

La marca AXE es un referente mundial en este tipo de estrategias. En 2002, un anuncio de la marca de desodorante escandalizó al Colegio de Médicos de Madrid por «considerar a las doctoras husmeadoras en celo»; en 2004, los colectivos feministas lograron la retirada de otro anuncio en el que una modelo simulaba una felación; en 2007 el Consejo General de Enfermería luchó por que se retirase un anuncio de la marca, y en 2011 una campaña de su filial inglesa (Lynx) con la modelo y estrella de la televisión Lucy Pinder recibió numerosas denuncias por considerarla inmoral. En todos los casos, grandes éxitos de campañas «virales» que incluso acabaron como contenido editorial de informativos. Impagable e inasumible ni por el mayor presupuesto de marketing de cualquier marca de gran consumo.

En Estados Unidos, la marca Calvin Klein es la que ha protagonizado la mayoría de los episodios polémicos gracias a sus campañas publicitarias, protagonismo que le han arrebatado recientemente marcas más jóvenes y radicales como Abercrombie&Fitch y American Apparel.[82] «**CK explotó brillantemente la controversia para obtener cobertura mediática**. Con cada campaña que lindaba entre lo sensual y lo pornográfico lograba que los gru-

82. Martin Lindstrom, *Buyology: verdades y mentiras de por qué compramos*, Gestión 2000, 2010.

pos conservadores de la sociedad se quejaran ante las autoridades para que levantaran las campañas, dando como resultado un movimiento mediático que generaba debates en los medios de comunicación alrededor de la marca. **A favor o en contra, la gente conocía a CK.**»[83]

Hay que aclarar que en todos estos casos no se trata sólo de mostrar sexo. Como bien indica Martin Lindstrom en su ensayo *Buyology* tras analizar la reacción de nuestro cerebro en relación a las campañas publicitarias más escandalosas de la historia: «**¿Es el sexo el que vende o es la controversia? La evidencia apunta a esta última**. Claro está que el sexo, íntimamente ligado a la supervivencia de la especie, es poderoso en sí mismo, pero en muchos casos la atención es más eficaz que el contenido sugestivo propiamente. Y aunque al menos en el mundo de la publicidad el sexo y la controversia están inexorablemente ligados, **cuando se trata de determinar qué influye realmente en nuestro comportamiento y nos induce a comprar, muchas veces el factor más potente es la controversia**».[84] Haz caso al gurú. Si hay una sola cosa más poderosa que el sexo, es la controversia. Y digo yo, ¿por qué lo llamarán controversia cuando lo que quieren decir es molestia?

2. El camino de la religión. Aunque a algunos aún les cueste reconocerlo, si no fuera por el escándalo seguramente mucha gente jamás habría conocido al escritor Salman Rushdie. Sus *Versos satánicos* le valieron hasta una amenaza de muerte por parte del ayatolá Jomeini, quien en 1989 se dirigió a la comunidad mundial musulmana para dictar contra él una orden pública de ejecución que aún sigue vigente.

Sin embargo, tampoco hace falta que llegue tanta sangre al río. En 2011, Benetton, fiel a su trayectoria con Toscani (aunque ya sin él), lanzó al mundo su proyecto UNHATE, que en sus primeras

83. http://bit.ly/11CDHRN
84. Lindstrom, op. cit.

semanas consiguió el premio gordo de la molestia, al ser censurado por el Vaticano por una foto en la que el papa se besaba con un imán egipcio. Por supuesto, el Vaticano se quejó. Y bingo.

Campaña de Benetton.

Vista la repercusión en los medios de su censura, creo que el papa debería plantearse empezar a cobrar por escandalizarse.

3. El camino de la violencia. Si no se puede atacar ni al sexo ni a la religión, un camino más difícil pero muy prometedor es el de la violencia. Y digo que es el más difícil porque cada vez es más complicado llegar al punto de escandalizar por violento. El nivel está muy alto, videojuegos, películas, espectáculos, campañas de publicidad; estamos rodeados de propuestas que ofrecen violencia de todo tipo y encima accesible a los niños.

Ésa es precisamente la tesis inicial de la oscarizada *Monstruos S.A.*, quizás el mejor largometraje de la factoría Pixar, sin duda uno de sus mayores éxitos y puede que una de mis películas favoritas. La historia arranca con la queja del señor Waternoose: «Los

niños de hoy en día no se asustan como los de antes».[85] Y si los niños ya no se asustan, imagínate los adultos, pensarás. Pues bien, puede que hayamos perdido la capacidad de asustarnos por la violencia explícita, pero lo que siempre nos quedará es la posibilidad de escandalizarnos. En 2002, el director y guionista Álex de la Iglesia asistió a la censura pública de una campaña publicitaria de la que había sido realizador. En la pieza, un empleado de la FNAC y un cliente discutían tan acaloradamente sobre la última película de Kubrick que hasta llegaban a las manos. De nada sirvió que De la Iglesia argumentara que **«Tom y Jerry son mucho más violentos y deberían ser censurados»**.[86] Autocontrol, ese organismo que «vela por la veracidad y lealtad» de la publicidad, retiró la campaña.

4. El camino de la honestidad. En esta sociedad aséptica, repleta de lugares comunes y civismo indolente, no todo el mundo está siempre dispuesto a escuchar lo que uno piensa de verdad. Cuando alguien nos pregunta: «¿Qué tal?», seguramente no está esperando por nuestra parte una respuesta del tipo: «Pues mira, me alegra que lo preguntes, porque desde ayer estoy pensando en suicidarme y no sé qué modo sería el menos doloroso. ¿Tú qué opinas?». Haz la prueba.

De ahí que decir lo que todo el mundo está pensando pero nadie se atreve a decir suela ser un modo muy rentable de molestia. Sobre todo cuando el entorno lo permite. Los mensajes que escandalizan por su honestidad suelen ser mensajes sacados de contexto. Afirmaciones que en otro lugar o en otro momento no habrían destacado, en el contexto adecuado revolucionan el patio hasta límites insospechados.

El doctor Brad Blanton,[87] psiquiatra, candidato independiente para el Congreso de Estados Unidos y autor de varios bestsellers,

85. Walt Disney Pictures, *Monstruos S.A.*, Buenavista Internacional, 2001.
86. http://bit.ly/RB6Wm9
87. http://bit.ly/11CENgi

lleva años apostando por una «honestidad radical». En su libro homónimo dice: «**Somos la hostia de mentirosos, lo cual nos agota. Ahí radica la mayor fuente de estrés para los seres humanos. Mentir mata a la gente**». Allí mismo llega a relacionar incluso honestidad con sencillez: «La gente sincera se explica con sencillez, en un lenguaje que describe más que evalúa. Los mentirosos evalúan en exceso y apenas describen lo mínimo necesario para imprimir verosimilitud al relato».[88] **Aplaudimos cuando alguien es sencillo en un entorno complejo. Nos fascina que alguien se salte el protocolo para decir lo que todo el mundo estaba pensando y nadie se atrevía a decir.**

Fue exactamente eso lo que ocurrió un 10 de noviembre de 2007 en la Cumbre Iberoamericana celebrada en Santiago de Chile. Rodeado de jefes de Estado, José Luis Rodríguez Zapatero, por aquel entonces el todavía respetado presidente del gobierno de España, estaba tratando de argumentar con más o menos éxito una defensa poco creíble de su antecesor, José María Aznar, que estaba siendo tildado de «fascista» por el presidente de Venezuela Hugo Chávez. En medio de la acalorada discusión, las cámaras mostraban a un don Juan Carlos, Rey de España y jefe del Estado, cariacontecido y mordiéndose la lengua. Hay un momento en el vídeo en el que el Rey se inclina hacia delante y, señalando al mandatario venezolano, le suelta «Tú..., tú...». Hasta que no puede más, y salta, creando ese maravilloso grito de guerra del «¿Por qué no te callas?». Los españoles nos volvimos locos con esta expresión, replicada y coreada en cada medio, cada pueblo, cada conversación. De pronto, alguien tan importante como un jefe de Estado le había dicho a otro lo que todo un país estaba pensando en silencio y nadie podía expresar. Se saltó el protocolo para convertirse en uno de los nuestros. De repente, y sólo por un instante, el poder volvió a ser representativo.

88. Brad Blanton, *Honestidad radical: cómo transformar tu vida diciendo la verdad*, Planeta, 2008.

Habré visto el vídeo unas doscientas veces. Y todas y cada una de ellas me ha hecho reír. La espontaneidad nos hace naturales, y por tanto mucho más creíbles. La repercusión de la réplica, que todavía hoy tiene más de medio millón de entradas en la web, sólo se entiende desde la empatía que sentimos todos hacia esa falta de corrección política, la empatía que aún sentimos todavía hoy hacia esa molestia.

«El Invento del Siglo.» Mayo de 2006, primer día en Bilbao

Mis ojeras y yo llegamos a Bilbao, justo el día después de la despedida de soltero de un buen amigo que ya se ha divorciado. Como también nos acompaña mi sempiterna miopía, no tengo más remedio que ponerme las gafas de sol más grandes que pillo, unas que me tapan casi toda la cara, ganando en conjunto algo de belleza, perdiendo algo de fealdad o, mejor dicho, convirtiéndome en algo más fácil de mirar.

Al llegar al Bilbao Exhibition Centre (BEC), Tinet y los suyos nos están esperando con varias sorpresas. La primera, que se trata de entrevistar ante las cámaras a varias decenas de concursantes, cada uno con su historia, cada uno con su Powerpoint, cada uno con sus motivos personales, cada uno con su visión del mundo y cada uno con lo que cree que mejorará la vida de la gente gracias a su invento. La segunda, que habrá que escucharlos a todos. No ha habido tiempo de hacer preselección. La preselección la haremos nosotros.

Al sentarme en la mesa de jurado, Tinet me pregunta si pienso salir con esas gafas de sol. Yo le contesto que sí, rezando para que no me pregunte por qué, básicamente porque no habría sabido qué decirle. Sólo con que hubiera insistido una vez más, me las habría quitado, pero en ese momento Tinet ve algo que yo aún no veo. Las gafas oscuras provocan varios efectos secundarios positivos:

1. Ocultan mi cara de buena persona.
2. Disimulan mi falta de expresividad facial.

3. Reducen drásticamente mi timidez.
4. Apoyan la frialdad de la mirada del personaje.
5. Un día, en un futuro no muy lejano, me permitirán volver al anonimato simplemente despojándome de ellas.

Empiezan los primeros inventores, todos bajo el mismo esquema: exposición, comprobación, ronda de preguntas y evaluación. Con los diez primeros concursantes, en el jurado nos tomamos nuestro tiempo. Preguntamos, nos interesamos, empatizamos con sus historias, les preguntamos por sus familias, vamos hasta el fondo de cada cuestión y evaluamos todos los datos posibles que nos ayuden a tomar una decisión. Pero de pronto, cuando llevamos ocho horas y nos damos cuenta de que no llevamos ni el 10 por ciento de los concursantes, una sensación de urgencia se nos empieza a instalar en el ánimo y a mí se me empieza a poner cara de mala leche. Sí, esa cara de mala leche.

Capítulo 10
Hablo de la molestia optativa

> En Italia, en treinta años de dominación de los Borgia hubo guerras, terror, sangre y muerte, pero surgieron Miguel Ángel, Leonardo da Vinci y el Renacimiento. En Suiza hubo amor y fraternidad, quinientos años de democracia y paz y ¿qué tenemos?...: el reloj de cuco.
>
> HARRY LIME (ORSON WELLES)
> *El tercer hombre*, 1949

> Quien se enfada por las críticas reconoce que las tenía merecidas.
>
> CORNELIO TÁCITO

Si hasta aquí no te he convencido de la bondad de una molestia bien perpetrada, dudo que lo vaya a conseguir a partir de ahora. Te aviso porque la vía que tomaremos a continuación no es apta para conformistas ni para gente que huye del conflicto y busca, sobre todas las cosas, encajar.

Fíjate en esta idea: «**La inteligencia es perezosa, a menudo prefiere aferrarse a verdades prefabricadas en lugar de construir con materiales dispersos**; [...] Buscamos tan febrilmente la certidumbre, tenemos tanto miedo de que nos quiten de debajo de los pies el sólido suelo de nuestros prejuicios, que corremos el riesgo de acabar pareciéndonos a aquella madame Herote, inventada por Céline, en cuya "vida interior no había espacio para la duda y menos aún para la verdad"».[89] Si odias el conflicto, la

89. Ovejero, op. cit.

incomodidad o que simplemente te saquen de tus casillas, estás en tu pleno derecho, pero entonces te recomiendo que no sigas leyendo, porque lo vas a pasar muy mal. Los conflictos sólo son malos cuando son obligatorios, cuando uno se ve abocado a ellos sin más opción que defenderse. Pero afortunadamente, a generar molestia nadie nos empuja, molestar al prójimo no es ni mucho menos obligatorio, así que podemos perfectamente renunciar a ello.

No te preocupes. No te estoy diciendo que seas una persona débil o pusilánime, sólo faltaría. Más bien todo lo contrario. Estás escuchando a la naturaleza, estás haciendo caso a tu instinto. De hecho, con tu permiso, te voy a explicar por qué sería mejor dejar de leer aquí y quedarte cómodamente afianzado en tu zona de confort,[90] el conjunto de comportamientos bajo los cuales una persona puede operar sin ningún grado de ansiedad, reduciendo así cualquier sensación de riesgo. Son las creencias y acciones que gobiernan nuestra vida, con las que nos sentimos cómodos y a gusto.

A nuestras neuronas les gusta vivir en su zona de confort. Es donde nos sentimos cómodos, seguros, realizados. Nos da la sensación de controlar nuestra vida, fundamental para lograr la estabilidad emocional. Por negación, cualquier cosa que se salga de ese perímetro, es rechazada de manera inmediata, por un instinto de supervivencia: «Aquello que está dentro de nuestra zona de confort lo podemos hacer muchas veces sin mayor problema y no nos produce una reacción emocional especial; en cambio, lo que está fuera de nuestra zona de confort nos incomoda, nos produce un cierto rechazo, nos provoca ansiedad o nerviosismo, nos *da palo* [...]. Si no lo conozco, no lo controlo, y si no lo controlo, no puede ser bueno».[91]

90. El término *zona de confort* fue definido en 1907 por el psicólogo, etólogo y primatólogo Robert Yerkes.

91. http://bit.ly/VZhk4X

Tiramos por la vía rápida, la opción más cómoda. La psicóloga y escritora británica Cordelia Fine nos recuerda que «nuestro cerebro trata de convencerse siempre de la opción más cómoda, de la que concuerda mejor con su propia realidad».[92] En ese sentido, el cerebro no buscaría la verdad, sino sobrevivir. Básicamente, trabaja para dejar de trabajar y así llegar a paralizarse, a autodestruirse:

> La génesis del cerebro está íntimamente ligada con esa función de proporcionarnos una zona de seguridad. [...] El cerebro nació, precisamente, para permitir a las larvas de los tunicados encontrar el lugar adecuado donde iban a fijar su residencia en su etapa de adultos. Aquel antecesor de nuestro cerebro les permitió orientarse en el espacio para vivir una vida adulta sin moverse. Una vez instalados en la seguridad del lugar elegido, absorbían su propio cerebro porque ya no lo necesitaban. **Mucha gente y, sobre todo, muchos funcionarios se comportan de forma similar a los tunicados. Una vez instalados en la seguridad, se diría que absorben su cerebro y dejan de pensar en otras posibilidades de innovar**. Esta actitud es peligrosa para ellos mismos y para el colectivo en el que están insertados. [...] El éxito consiste en la supervivencia, y eso lo da la adaptación al cambio. Los pulmonados conquistaron la tierra gracias a la evolución de su cerebro más allá de la finalidad de obtener una zona de seguridad.[93]

No es que estemos tratando de incomodar a nuestro cerebro porque sí. Se trata de crear nuevas molestias que nos ayuden a tomar mejores decisiones y, en definitiva, que nos lleven a renovar nuestros hábitos. Los investigadores neurólogos han descubierto que cuando desarrollamos conscientemente hábitos nuevos, creamos sinápticos paralelos e incluso células cerebrales completamente nuevas, que pueden llevar a nuestros hilos de pensamiento por caminos nuevos e innovadores. «Lo primero que se necesita

92. http://bit.ly/UerQlA
93. http://bit.ly/xtL8Y

para la innovación es una fascinación con el asombro —apunta Dawna Markova, autora de *The open mind* (La mente abierta) y consultora de cambio ejecutivo para la firma de consultoría Professional Thinking Partners—, decidir es acabar con todas las posibilidades salvo una. Sin embargo, en lugar de ello nos enseñan a decidir. Un buen pensador innovador siempre están explorando las muchas otras posibilidades.»[94]

Incluso pese a saber que la base de toda innovación y creatividad está precisamente en huir de esa zona, en un principio funciona como una molestia y un peligro para nuestro cerebro: «Siempre que iniciamos un cambio, incluso uno positivo, activamos el temor en nuestro cerebro emocional [...]. Si el miedo es lo suficientemente grande, la respuesta tipo "pelea o huye" se disparará y escaparemos de lo que intentamos hacer».[95] Sentir ese miedo y ese peligro es el principio de cualquier buena idea. O de cualquier idea, en general. Ferrer y Ponti lo explican muy bien cuando dicen que «una provocación creativa (PO) formulada conscientemente puede ser el inicio de un interesante proceso de reflexión. La PO es una afirmación que niega otra que tengo asumida. No es necesario que sea verdad o del todo verdad. Simplemente es una negación de lo que considero asumido».[96]

Marçal Moliné lo trata desde el punto de vista de la comunicación y lo define con un interesante término, *atracción de la incertidumbre*:

> En el ambiente de calma intelectual que cabe esperar del espectador de un anuncio, en principio ni siquiera está interesado en lo que estamos diciendo. Sin embargo, algo inesperado ocurre. En su rutinaria búsqueda en los archivos de su memoria, el receptor descubre que algo falla en la información que proporciona esta frase. La duda surge, la interpretación inicial

94. http://bit.ly/RV7lzT
95. http://bit.ly/RV7lzT
96. J. M. Ferrer Arpí y Franc Ponti, *Si funciona, cámbialo*, Gestión 2000, 2010.

no es correcta: en la boca de las personas no hay perlas. ¿Qué querrá decir entonces? Si hacemos introspección con Aristóteles nos daremos cuenta de que se nos ha despertado un estado de alerta, una emoción que con mayor o menor intensidad sentimos cuando descubrimos que se nos ha perdido algo, cuando una pieza no encaja como era de esperar. Ha nacido la atracción de la incertidumbre.[97]

Nada más incómodo ni más molesto para nuestro cerebro que una buena incertidumbre. Y por otro lado, nada más atractivo. Pero insisto, no te sientas mal si no quieres abordar el camino de la molestia. Es lo que tu cerebro está diseñado para hacer: huir de todo esfuerzo y quedarse a verlas venir en su zona de confort. Por si acaso tienes dudas, ahí van siete buenísimos métodos para no disculpar jamás las molestias y vivir al margen de todo este trasiego:

1. Negación: cuando alguien te sugiera cierta molestia, discute la idea y defiende lo que estás haciendo, sin importar tu ineficiencia.
2. Dilación: decide que necesitas llevar a cabo cierta molestia pero, o tómate una eternidad para comenzar a moverse, o directamente no la hagas. Siempre habrá algo que se interponga en tu camino.
3. Sabotaje: comienza la molestia, pero de alguna manera arréglatelas para salirte de la ruta. Por supuesto, nunca es tu responsabilidad que las cosas salieran mal; fueron las «circunstancias fuera de control».
4. Falta de foco: ten una gran idea y salta y corre en todas direcciones. Tendrás una enorme lista de molestias en ejecución pero jamás completarás ninguna.
5. Confusión: simplemente no sepas nunca por dónde empezar. Después de todo hay tantas cosas para hacer, ¿cómo podrías

97. http://bit.ly/Yz32xb

elegir sólo una? Por supuesto podrías conseguir ayuda, pero ¿cómo elegir a la persona correcta?

6. Sobrepreparación: antes que nada tendrás que obtener otro título, hacer otro seminario u otro curso... Y una vez que lo hayas hecho todavía no te sentirá preparada/o.

7. Falta de tiempo: no importa cuán ocupada/o estés o cuán lentamente se desarrolle tu negocio, sencillamente no encuentres tiempo para nada.[98]

Ya estamos liberados, ya no hay ninguna obligación de molestar ni de ser molestado. Así que relájate y disfruta, que no está tan mal. Los demás ya estamos listos para abordar el **Método Annoyomics©** para generar molestia.

98. http://bit.ly/YT6B1A

SEGUNDA PARTE

Método Annoyomics©

> El cinismo es sólo una forma incómoda de decir la verdad.
>
> LILLIAN HELLMAN
> *The little foxes*, 1939

Hemos visto que molestar es bueno en supuestos muy diversos y variados. Ya sabemos lo que significa molestar y conocemos la diferencia entre molestia buena y molestia mala, así como la cantidad de beneficios que aporta a nuestra vida la molestia bien perpetrada. Veamos ahora cómo conviene molestar, de qué manera podemos fabricar nuestra molestia y qué ingredientes se deben mezclar para alcanzar la excelencia molesta.

Lo que describo a continuación es sólo un método para llevar a cabo tu molestia. Momento de que recuerdes lo de los espaguetis, yo te cuento mi receta, pero luego que cada uno se los prepare en casa como más les guste. Lo que sí puedo dar fe es de que este método no me suele fallar. Ni a mí mismo ni a otras personas ni a las marcas para las que trabajo. Eso no significa que sea infalible, ni mucho menos. Pero lo que sí me ha demostrado la experiencia es que cuando no ha funcionado, ha sido por culpa del cómo, más que del qué.

El **Método Annoyomics©** tan sólo estructura y ordena los cinco pasos a seguir para poner en marcha una molestia rentable. ¿Por qué «**Método Annoyomics©**»? Porque «Método Para Tocar Los Cojones» ya estaba registrado por nuestro presidente del Gobierno. ¿Y por qué en cinco pasos? Porque es una forma de rendir un sentido homenaje a mi mano derecha, que tantos buenos momentos me ha regalado.

Como resultado, al **Método Annoyomics©** no hay que pedirle más que sea una hoja de ruta, un plan de acción. Las decisiones de qué se pone en esa hoja y en ese plan y, sobre todo, la calidad de los ingredientes, sí que dependen y mucho de la experiencia que uno tenga en este tipo de lances. Por eso intentaré poner los ejemplos más recientes de campañas, productos y personas que han aplicado cada uno de los pasos con algo de éxito.

De cualquier modo, no nos confundamos, con el **Método Annoyomics©** no tengo la pretensión de salvar vidas, pero sí quizá la de hacerlas un poco más interesantes. O como mínimo, algo más molestas..., y por qué no, más lucrativas. De ahí que en cada paso trataré de analizar algún caso práctico en el que la molestia le haya ayudado a ser más rentable, más eficaz o simplemente más feliz.

Conozcamos un poco mejor el maravilloso arte de molestar para ganar dinero.

Paso 1
Elige tu rareza (con qué)

> No hay belleza perfecta que no tenga alguna rareza en sus proporciones.
>
> Sir Francis Bacon

Para empezar, debemos hacer un ejercicio de introspección de los que me gustan a mí, de los de guante de látex. Y es que para empezar, tenemos que descubrir nuestras propias rarezas. Esas que han estado echándonos en cara ex novias, ex parejas, ex amantes, ex amigos, ex jefes y sobre todo las que nos haya señalado nuestra madre.

Michael Moore (Michigan, 1954) podría ser definido perfectamente como el primer molestador mediático global. Descrito por detractores y poderosos con epítetos tan cariñosos como «el rey de la demagogia» o «una persona muy peligrosa», lleva molestando a poderosos e influyentes prácticamente desde sus inicios. Su documental *Bowling for Columbine* (2002), una ácida reflexión sobre el poder de las armas y de la implicación moral de la Asociación Nacional del Rifle en Estados Unidos en matanzas como la de Columbine, le supuso el reconocimiento internacional, ganando en el mismo año el Oscar, el Cesar y el Anniversary Prize de Cannes, y encumbró su figura al estatus de símbolo del periodismo

espectáculo contemporáneo. Y lo más importante: la película recaudó la friolera de 21,6 millones de dólares, el documental —no musical— que más ha recaudado en la historia de Estados Unidos.[99]

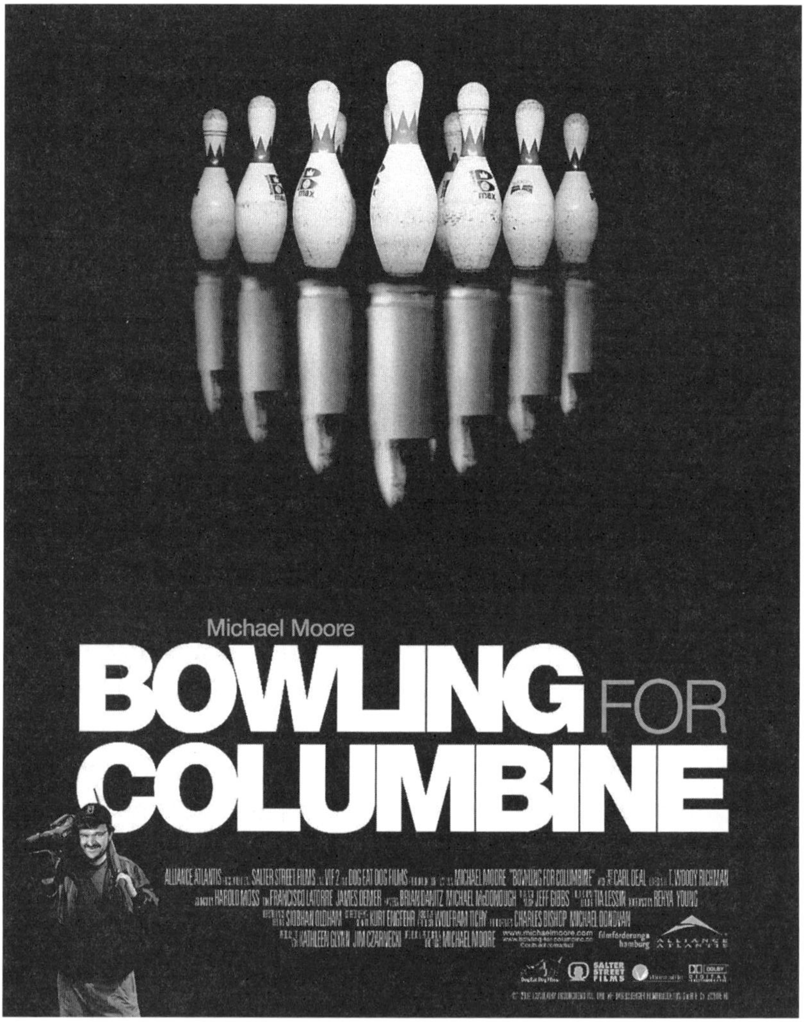

Póster de la película *Bowling for Columbine*.

99. http://usat.ly/sGqIu

Dos años más tarde repetía éxito y ganaba la Palme d'Or en Cannes con *Farenheit 9/11*, documental que pone de manifiesto las relaciones entre la familia Bush y la familia Bin Laden. Cuando semanas después el presentador republicano Bill O'Reilly asemejó a Moore al propagandista nazi Joseph Goebbels y el realizador Michael Wilson rodó el documental *Michael Moore Hates America*, su leyenda de molestador mediático fue confirmada.

Pero más allá de sus éxitos, lo que poca gente suele recordar es que Moore inició su prometedora y polémica carrera con otro documental, *Roger&Me*, rodado en 1989, donde mostraba los despidos masivos llevados a cabo por Roger B. Smith —por entonces consejero delegado de General Motors— con la intención de deslocalizar plantas de producción estadounidenses y llevarlas a México. No fue casual que su ópera prima se ocupase de ese asunto. Lo que pocos recuerdan es que **Michael Moore es hijo de una secretaria y un operario de línea de montaje, ambos ex trabajadores de General Motors**, así que conocía el asunto muy de cerca y había vivido la experiencia de dichos despidos de primerísima mano. De hecho, un tío suyo fue el encargado de organizar varias propuestas sindicales en el seno de la compañía.[100] **Moore se dedicó a lavar en público los trapos sucios de un todopoderoso como la firma que había mantenido a su familia durante varias generaciones**. Y le salió bien. Le salió muy bien.

Las marcas, al igual que acaba ocurriendo con las personas, ya no pueden mentir con la impunidad con la que lo hacían antes. Grandes firmas globales como Nike (también puesta contra las cuerdas por Moore en *The Big One*), Toyota y Zara,[101] o personajes como Tiger Woods o Bill Clinton, se han visto obligados en algún momento de su existencia a pedir perdón por haber cometido algún tipo de engaño o se han visto bajo los focos por la sospecha de alguna práctica

100. http://bit.ly/zaIza
101. http://bit.ly/onDyKW

irregular. Y lo más importante, jamás lo hicieron motu proprio, ni iniciando la denuncia de forma voluntaria, sino que se vieron forzados a hacerlo porque alguien les había descubierto. En un mundo globalizado e hiperconectado las veinticuatro horas, en la era de las redes sociales, los Michael Moore —y también los contrarios a Michael Moore— son más numerosos y «peligrosos» que nunca, pues con una cámara y algo de talento, se pueden pasear por el mundo gritando que el emperador está desnudo. Dicho en positivo, la autenticidad se ha convertido en la piedra fundacional de cualquier acción y, en particular, de cualquier molestia. Si no eres honesto contigo mismo, si tratas de ir de algo que no eres, y sobre todo si no eres actor o político, es decir, si no te dedicas a fingir profesionalmente y tu trabajo no consiste en engañar a la cámara, tarde o temprano te acabarán pillando... y tu molestia será un auténtico fracaso.

Por eso, **el primer paso del Método Annoyomics© consiste en identificar en qué somos raros**. He dicho bien, raros. No digo especiales aposta, porque la palabra «especial» podría conllevar cierta dosis positiva, y no. Aquí hay que fijarse en lo raro. Moore era familiar directo de varios trabajadores de General Motors y conocía los méritos y miserias de sus fábricas mejor que nadie. Y tú, ¿qué tienes que los demás consideren extraño?

Nos lo advierten los hermanos Polo, socios fundadores de Territorio Creativo y expertos en redes sociales y comunicación 2.0: «**Nuestras rarezas nos diferencian y, por tanto, nos definen**. Significarse es identificarse en un entorno de ruido social».[102] Hay que significarse, y para eso, deberemos fijarnos primero en nuestras rarezas. Ésa es la llave en la mayor red social de todas, que es la vida. Todos somos especiales, de eso no hay duda. Pero son justamente nuestras rarezas las que nos hacen valiosos. Aceptar algunas de esas rarezas y combatir otras es lo que algunos llaman madurar. Y muchas veces, madurar implica perder el poco valor que teníamos.[103]

102. Polo y Polo, op. cit.
103. Es lo que Ken Robinson denomina «The Element».

La rareza es también lo que nos hace encantadores para algunos e insoportables para otros. La atracción por la imperfección —de la que ya hemos hablado en la primera parte— es la materia prima con la que elaboramos nuestros gustos. **Buscamos gente perfecta, sí, pero nos enamoramos de la imperfecta. O mejor dicho, deseamos a gente perfecta, sí, pero nos comprometemos con la imperfecta.** Sabemos que la perfección existe, y aunque nos empeñemos en buscarla, algo dentro de nosotros le toma cariño a las rarezas del prójimo, o no las puede soportar.

Si somos fieles a nuestras rarezas, seremos siempre más auténticos que si tratamos de disimularlas. La gente a la que le gustemos jamás se sentirá traicionada, mientras que la gente que nos odie no carecerá nunca de un motivo para hacerlo. Ser raro es ser fiel a uno mismo y ser sincero con lo que uno es. Aquí no se trata de inventar nada que no sea verdad, sino más bien todo lo contrario. Seamos auténticos. Seamos raros.

Todo el mundo tiene alguna rareza a la que le puede sacar partido. Lo difícil no es tenerla. Lo difícil es descubrirla. Y ¿cómo se hace eso? Lo has adivinado: gracias a la molestia. Lo que molesta a los demás es lo que sobresale. Las aristas de nuestra personalidad. Aquello que alguna pareja siempre quiso pulir y jamás lo consiguió. El gurú Seth Godin pronuncia la palabra molestia como requisito básico para deleitar al resto de la humanidad: «Sé humano, contribuye, interactúa. **Corre el riesgo de que alguien se moleste con tu iniciativa, innovación y conocimiento..., resulta que, probablemente, los deleitarás**».[104]

Así que ya sabes, te desnudas y te plantas ante un espejo, o si prefieres no desnudarte, ponte ante un papel en blanco con un bolígrafo, que viene a ser lo mismo. A continuación, empieza a listar la cantidad de cosas que consideras raras de tu físico, de tu psique, de tu carácter, de tu aspecto, de tu personalidad. «Sí, pero,

104. Seth Godin, *¿Eres imprescindible?*, Gestión 2000, 2010.

¿cuál selecciono?», te preguntarás. Te has fijado en que aún quedan algunas páginas para acabar el libro, ¿verdad?

«El Invento del Siglo.» Mayo de 2006, segundo día en Bilbao

La tragedia se sirve en bandeja, con grageas masticables y de diez en diez. Con cada concursante que pasa por el plató, constatamos que hay sólo cuatro grupos: por un lado están los inventores de cosas interesantes, que no se sabía que existían y que resuelven problemas que siempre todos nos habíamos planteado. Por otro están los que han inventado cosas interesantes, que no se sabía que existían y que resuelven problemas que nadie se ha planteado jamás. Por otro están los que resuelven problemas que todos tenemos y que sin embargo inventan cosas que ya existían, y por último están los que ni resuelven problemas comunes, ni inventan nada nuevo.

Conforme va avanzando la jornada, a los miembros del jurado nos surge un dilema moral con respecto a nuestra actuación en el programa. Por supuesto que pretendemos hacer un buen *show*, que haya gente interesante en el programa con inventos que sorprendan y que la gente los quiera ver por la tele. Pero también se hace cada vez más evidente que en este *casting* se puede cumplir una función social. Para empezar, la gran mayoría acude al concurso como si el hecho de aparecer en el programa fuese la solución a todos sus problemas. En muchos casos, además, concurre el agravante de que no son jovencitos que prueban suerte y si no les sale tienen toda una vida por delante.

En la inmensa y preocupante mayoría de los casos se trata de gente mayor, a veces muy mayor, con familia, hijos e incluso nietos, que está rehipotecando su casa y poniendo en juego su patrimonio para poder pagarse el registro, la patente, el modelo de utilidad o un prototipo sobre inventos con escaso o ningún futuro. Se trata casi siempre de objetos que ya están inventados y que creen que pueden reclamar su autoría por el mero hecho de poseer un registro oficial. Y por último, es gente a la que su entorno, lleno de

personas con buenas intenciones pero nulo conocimiento de la industria, no ha hecho más que alentar para que siguiera adelante con su despropósito.

Por su propio bien, alguien les tiene que decir «basta». Alguien les debe un baño de realidad. Y atendiendo a lo que aún nos queda por ver, empezamos a darnos cuenta de que no llegaremos a tiempo para verlos a todos. Así que mi mala leche va en aumento, y el cariño con el que trataba a los primeros concursantes se ha empezado a esfumar. De los baños de realidad, mis compañeros y yo vamos pasando directamente a las duchas de realismo, más rápidas, más concentradas y más responsables con el medio ambiente.

1.1. La rareza que más polarice

Si quieres decirle la verdad a la gente, hazles reír o te matarán.

OSCAR WILDE

Bien, ya sabemos que debemos mirarnos en el espejo y, de todas las rarezas que encontremos en nuestro interior, elegir una. Pero ¿cuál? La primera opción es bien clara. Puesto que ya la has leído en el título del apartado, no tiene sentido mantener el misterio: la primera opción será siempre buscar la rareza que más polarice.

En octubre de 2007, en una entrevista para la prestigiosa revista *Fast Company*, Alex Bogusky,[105] uno de los directores creativos más influyentes del momento y probablemente de las últimas décadas, conversaba sobre el fenómeno Paris Hilton y su paralelismo con el posicionamiento de algunas grandes marcas. Entre otras muchas perlas, cuando fue preguntado por la controversia y la polémica que la heredera de los Hilton provoca allá adonde va, el Mejor Creativo de la Década afirmó: «Los famosos —como las marcas— **tienen que ser polarizantes**. **Si no polarizas, entonces probablemente no estás contra nada y por lo tanto, no tienes una marca poderosa**».[106]

Polarizar o, lo que es lo mismo, lograr que la gente que te conoce se divida entre los que están radicalmente a tu favor y los que están radicalmente en tu contra, ha sido y sigue siendo una fuente inagotable de negocio. La necesidad de diferenciarse del vecino es la base del concepto de marca: yo compro algo para pertenecer a un grupo, sí, pero también para dejar claro que NO pertenezco a otros. El zoólogo y escritor británico Richard Dawkins (Kenia,

105. http://bit.ly/cHVWrS
106. http://bit.ly/TIVgcU. La traducción es mía.

1941)[107] conoce muy bien esta necesidad; lleva años en una cruzada personal contra el absolutismo y la mala influencia de cualquier religión y, en especial, de la religión cristiana. Según Dawkins, «cuando una persona sufre una alucinación, se le llama locura. Cuando son muchas las que la sufren, se le llama religión».[108] En 2006, el autor publicó *El espejismo de Dios*, un ensayo que es toda una oda al ateísmo y a las teorías darwinianas, del que había conseguido vender hasta enero de 2010 más de dos millones de ejemplares en todo el mundo.

Dawkins ha elegido su bando, y pretende que todos nos posicionemos, o a su favor, o en su contra. Nos quiere dividir, nos fuerza a que lo hagamos, nos molesta para que lo hagamos. Así que entre esas dos fechas, entre 2006 y 2010, concretamente en 2008, Dawkins decidió que debía promocionar su visión —y de paso promocionarse— de manera mucho más activa. Igual que sus enemigos militaban cada domingo por sus creencias haciendo tangible una causa, él también debía militar por la suya. De modo que pasó a la acción. Junto a la escritora Ariane Sherine, comenzó una campaña para colgar en los autobuses de Londres la siguiente frase: «Probablemente Dios no existe. Así que deje de preocuparse y disfrute de su vida». La idea era destinar siete mil euros para imprimir carteles con la proclama atea y colocarlos durante cuatro semanas en treinta autobuses que circularían por el centro de Londres. La llamó la Campaña Atea,[109] y su primera acción fue ésa, el «Atheist Bus». Paralelamente, pondría en marcha los «Camp Quest», unos campamentos de verano que inculcaran el pensamiento racionalista, científico y escéptico en niños de ocho a diecisiete años para ayudarles a desarrollar mentes inquisitivas y críticas.

107. http://bit.ly/rrFog
108. La frase se la atribuye a Robert Pirsing.
109. http://www.atheistcampaign.org/

Bus en Londres con la frase de la campaña.

La campaña fue todo un éxito, en pocas semanas había recaudado más de 35.000 euros gracias a donativos de empresas y particulares —en abril de 2009 ya llevaba recaudados más de 240.000 euros—, generando la consiguiente y buscada polémica entre las comunidades religiosas, y actualmente sólo en Estados Unidos hay más de seis «Camp Quest» en activo. Es cierto que la iniciativa de Dawkins no hizo más que conectar con una necesidad latente que ya estaba ahí, sólo que nadie la había satisfecho. Cierto que ése es el principio de cualquier campaña de marketing, pero la manera como lo hizo, el modo que eligió para llevarla a cabo fue terriblemente molesto, sobre todo para las mentes más fundamentalistas del otro bando; no es por tanto de extrañar que Dawkins los llamara «enemigos de la razón» en su extraordinario documental.[110]

En la medida que seamos capaces de confrontar a dos grupos, sean cuales sean, tendremos la clave del éxito en ventas. Es lo que

110. Mira el documental *The Enemies Of Reason* aquí: http://bit.ly/30uxeR

ocurre en España con el Grupo Planeta, *holding* español de comunicación (anda, justo el que publica este libro, un saludo a mis editores) que en su momento fue capaz de lanzar a la calle todos los días una cabecera como *La Razón*, adalid de la derecha más recalcitrante, junto a la cabecera del diario *Avui*, que también fue suyo, representando el independentismo catalán; o de fusionar Antena 3, que digamos que de izquierdas no es, con laSexta, que digamos que no es de derechas, tampoco. O de publicarle un libro a un premio Nobel de Literatura... y a mí. Oye, y aquí paz y después gloria.

Pero volvamos a lo que nos ocupa. Polarizar para vender. El primer paso para venderle algo a alguien es separarlo de la masa y darle la bienvenida a un club muy especial: el de los insatisfechos. Es una de las confesiones más famosas de Frédéric Beigbeder, ex publicista francés ahora metido a autor de bestsellers: «En mi profesión, nadie desea vuestra felicidad, porque **la gente feliz no consume**. [...] Necesitáis urgentemente un producto pero, inmediatamente después de haberlo adquirido, necesitáis otro. El hedonismo no es una forma de humanismo: es un simple flujo de caja. ¿Su lema? "Gasto, luego existo"».[111] Y ¿cómo se consigue? Separando a la gente, polarizándola. Beigbeder, uno de los escritores más polémicos de Francia, lo dejaba claro en su obra revelación, *13'99 euros*: «**Para crear necesidades, sin embargo, resulta imprescindible fomentar la envidia, el dolor, la insaciabilidad: éstas son nuestras armas**. Y vosotros sois mi blanco».[112]

Es lo que George Carlin, brillante cómico y monologuista estadounidense, definía como las cosas que nos separan:

> Me gustaría hablar de las cosas que nos unen, las cosas que destacan lo que tenemos en común en vez de nuestras diferencias. Porque eso es lo único que se escucha continuamente en este país, nuestras diferencias. Eso es de lo que hablan siempre los medios y los políticos: **las cosas que nos separan,**

111. Frédéric Beigbeder, *13'99 euros*, Anagrama, 2000.
112. Ibídem.

las cosas que nos hacen diferentes los unos de los otros. Ésa es la forma en que la clase dominante actúa en cualquier sociedad: intentan dividir al resto de la gente, mantienen a las clases media y baja luchando entre sí para que ellos puedan seguir huyendo con la pasta. Cosa razonable, y que funciona. Ya sabes, cualquier cosa diferente, cualquiera sobre la que se pueda hablar: raza, religión, etnia, nacionalidad, empleo, renta, educación, estatus social, sexo... Cualquier cosa que nos mantenga ocupados luchando entre nosotros para que ellos puedan seguir yendo al banco.[113]

Para Oliviero Toscani, el maestro de la polarización masiva, este resorte funciona porque responde a esa obsesión por encajar que nos persigue desde la más tierna infancia: «Para los jóvenes cerebros de los escolares, poseer tal o cual vestimenta sirve para presumir en los pubs; **significa pertenecer al mundo de los elegidos**. Sin esa chaqueta de cuero estilo americano, sin las zapatillas de baloncesto reglamentarias se acabó la comedia: ¡adiós a la vida!, **un sentimiento de exclusión y el malestar les corroe**».[114]

Polarizar es bueno. O mejor dicho, no sé si es bueno o malo, pero funciona, y sabemos que funciona porque vemos que vende. Dibujamos una línea donde jamás la hubo y de repente dividimos al mundo en dos. Nosotros controlamos esa nueva frontera, tenemos en nuestro poder el mando de la barrera. Y para pasar de un lado al otro, claro está, exigimos un peaje, ya sea en forma de dinero, de votos, de tiempo o de una peligrosa combinación de los tres. O estás conmigo o estás contra mí. O estás de parte de los países que aman la libertad, o eres un enemigo de la libertad (George W. Bush). O ves la TV o ves HBO. O carne o pescado (yo, cuando aún salía, a las cinco de la mañana). O cueces o enriqueces (si no pongo este ejemplo, mi madre me mata). Dibuja una línea en el suelo, y la gente que te vea haciéndolo inmediatamente te preguntará por qué la has dejado a un lado y no al otro. Y en cuanto se lo expli-

113. http://bit.ly/o3pQ8
114. Toscani, op. cit.

ques, temerán pertenecer al grupo equivocado y desearán posicionarse desesperadamente. Y al intentarlo, ahí estarás tú para revenderles su nueva vida. «Al hacer una distinción entre el propio grupo y los otros grupos, normalmente **se consigue que los miembros de los demás grupos sean percibidos negativamente**, podrían incluso ser vistos como un peligro para el propio grupo, o quedar devaluados por razón de su ser distintos.»[115]

Ya estamos en disposición de seleccionar, de la lista de rarezas que hicimos en el apartado anterior, cuál polariza más a la gente de nuestro alrededor. ¿Cuál sitúa a más gente tanto a favor como en contra de esa rareza? La que más gente sea capaz de colocar a ambos lados de la balanza, es la rareza que nos interesa.

115. Robert J. Sternberg y Karin Sternberg, *La naturaleza del odio*, Paidós, 2010.

1.2. La rareza que más gente esté dispuesta a evitar

> El carácter de una persona lo determinan los problemas que no puede eludir y el remordimiento que le provocan los que ha eludido.
>
> Arthur Miller

En caso de que no consigamos polarizar con ninguna de nuestras rarezas, existe un plan B que, como todos los planes B, se presta a echarnos una mano cuando el A se pone demasiado estupendo. Consiste en fijarse sólo en lo que molesta a todos nuestros conocidos de forma natural, sin distinción de sexo, raza o condición social y sin esfuerzo por nuestra parte.

Según Nancy Etcoff, psicóloga de la Universidad de Harvard, la mente humana está programada para evitar lo negativo, es algo para lo que estamos preparados desde los albores de nuestra especie, sufrimos una desviación natural negativa.[116] En la práctica, eso se concreta en hechos como que **nacemos siendo capaces de distinguir un gusto amargo diez mil veces antes que uno dulce**, en que **odiamos perder mucho más de lo que amamos ganar**, y en que **la fórmula para un matrimonio feliz son cinco interacciones positivas por cada interacción negativa** (aunque para que lo entienda doña Ana Botella, ésa es la fórmula de cualquier relación sentimental, peras con peras y manzanas con manzanas).

Gracias a este tipo de reacciones inmunológicas contra lo negativo, nuestra especie ha sido capaz de advertir peligros y sobrevivir cientos de miles de años.[117] Y es un sistema biológico, una aprensión de la que no podemos escapar. Sin embargo, un tipo austríaco de origen croata y de nombre Dietrich Mateschitz (Estiria, 1944) seguramente no compartirá al ciento por ciento esta

116. Conferencia en el TED de Nancy Etcoff en http://bit.ly/1nZnur
117. http://bit.ly/U99rYt

opinión. El hecho de que no nos guste algo y que estemos dispuestos a evitarlo puede ser, precisamente, el secreto de su éxito. O eso es lo que se podría deducir del causante de que Mateschitz sea hoy por hoy la primera fortuna de Austria y de que posea, entre otras cosas, una isla en Fiyi.

Estamos hablando de un producto que hoy se comercializa en 160 países, en los que vende algo más de cuatro mil millones de latas todos los años, y que emplea a más de ocho mil personas en todo el mundo. Estamos hablando de Red Bull.

Hoy ya casi nadie pone en cuestión el triunfo del gigante de la bebida energética del *toro rosso*, pero muy poca gente recuerda dos hechos fundamentales de sus inicios que pudieron dar al traste con toda la compañía. El primero, que cuando arrancó la empresa, en los test preliminares, un porcentaje tan alto como el 50 por ciento de los consumidores desaprobaba su sabor, por ser demasiado ácido y extraño para el paladar. Mateschitz creó entonces el famoso logo y el no menos famoso envase para intentar contrarrestar los efectos organolépticos negativos de su contenido. Pero es que el segundo hito fue aún más contundente, pues una empresa de investigación de marketing testó de nuevo el producto entero, y los resultados no pudieron ser más desalentadores. Según esa empresa, que Mateschitz tiene el detalle de mantener en secreto, «**la gente no creía en el sabor, en el logo ni en el nombre** [...]. Jamás había experimentado un desastre similar».[118]

Al final iba a ser cierta la famosa frase de Steve Jobs: «La gente no sabe lo que quiere hasta que se lo muestras», que echaría por tierra la ingente cantidad de dinero que cada año se gastan las grandes empresas en test y pretest que acaban demostrándose inútiles para predecir su éxito o su fracaso.

Afortunadamente, Mateschitz ignoró los resultados del pretest y siguió adelante con su proyecto: «Al principio, **los profesores**

118. http://read.bi/QNYmuW

de instituto que estaban contra el producto eran tan importantes como los estudiantes que estaban a favor. Los periódicos se preguntaban: "¿Es una droga?, ¿es inofensivo?, ¿es peligroso?". Esa ambivalencia es muy importante. **Lo más peligroso para un producto es el bajo interés**».[119] Y nada mejor para generar un alto interés, como hemos visto, que incurrir en una buena molestia. Y si la molestia se encuentra en el propio producto, mejor que mejor. Esa «ambivalencia» a la que hace alusión Mateschitz es la base para interesar, es la base para polarizar, es la base para que haya detractores y defensores desde un principio, es la base para que tu producto sea relevante, es la base, en definitiva, para triunfar.

Lanzar al mercado un producto en un principio repulsivo y a pesar de eso triunfar, tiene mucho mérito. Obviamente, tendrá mucho que ver que desde sus inicios Red Bull haya destinado entre el 30 y el 40 por ciento de su presupuesto a marketing, a posicionarse, a dibujar la línea. Y seguramente, a que lo haya hecho saltándose todas las normas establecidas, las rutinas del sector y las leyes de una industria. Sin embargo, cuántas compañías habrán fracasado invirtiendo tanto o más en marketing. Tratándose de una compañía que nació prácticamente de cero, el tamaño aquí por fin no importa. Su éxito se debe a que ha utilizado el ingenio, el porqué no, la actitud de ir contracorriente, y esa insolencia de hacerle caso omiso al consumidor, que algunos siempre acabarán tildando de escandalosa. Como escribió José Antonio Marina: «El ingenio ha de liberarse de la costumbre, de la lógica y de la norma. **Tiene que buscar, en contrapartida, lo extravagante, lo absurdo y lo escandaloso**».[120]

Como bien sabe cualquier emprendedor, la clave de cualquier éxito está siempre en jugársela. Detrás de todo gran éxito hay siem-

119. http://bit.ly/lz9b2n
120. Marina, op. cit.

pre una gran apuesta. Una apuesta que podría haber salido muy mal. Claro está que también hay muchos fracasos, que jamás salen en estos libros, en los que un empresario se la jugó y no le salió como se esperaba. Lo que seguramente no encontrarás jamás es el libro de alguien que sin jugársela y sin hacer nada arriesgado, triunfó por todo lo alto. **El mercado es injusto cuando no recompensa el esfuerzo, pero sólo es justo cuando recompensa el riesgo**.

Según ya vimos en los estudios de Rozin, la gente está dispuesta a llevarse la contraria porque encuentra cierto placer en ello. Es gustoso y hasta lúdico hacerse algo de daño, conceder una cierta opción a lo desagradable. José Antonio Marina vuelve para contarnos que eso se refleja hasta en el origen de las palabras: «Transgresión y travesura están etimológicamente relacionadas, y en castellano antiguo existió el verbo 'transgreir', que significaba 'hacer travesuras'».[121]

Hans Brinker Budget Hotel,[122] un modesto —y molesto— hostal en el centro de Ámsterdam que, como su propio nombre indica, ofrece hospedaje económico, conoce muy bien este camino. En 1995, su propietario, Rob Penris, contrató a la agencia KesselsKramer para darle un empujón a su decrépito establecimiento. Su problema, el de tantas otras pymes: no tenía prácticamente presupuesto para gastar en publicidad y sin embargo aspiraba a ser conocido mundialmente por algo, pretendía que la gente de todo el mundo se alojase allí. Lo que no sabía era que, quince años más tarde, el hostal que regentaba se convertiría en un referente mundial de la comunicación turística, que incrementaría su ocupación hasta en un 42 por ciento y que incluso su caso sería tan interesante como para venderse en formato de lujoso libro en Amazon.[123] Su estrategia fue tan sencilla como molesta: hagamos de nuestra debilidad una fortaleza. Si el hotel está sucio, digámoslo. Si es in-

121. Marina, op. cit.
122. http://www.hans-brinker.com/
123. http://amzn.to/THeLow

cómodo, hagamos gala de ello. Si somos molestos para los huéspedes, incentivémoslo. El mensaje detrás de su comunicación, o como decimos, su *reason why*, la razón que se podía leer en todos sus folletos decía: «La suciedad es buena para tu sistema inmunológico». Por eso, ya en la misma recepción, se facilitaba a los señores clientes una bolsita con pelos, uñas y polvo, por si encontraban algún rincón demasiado limpio. El resultado, una de las campañas más premiadas, sólidas y divertidas que se recuerdan, que al fin cristalizó en un libro cuyo título lo decía todo, *The Worst Hotel in the World*, y lo que es más importante, en un aluvión de reservas para el asqueroso hostal, que cuelga el cartel de «Completo» casi todos los días del año.

Ya podemos continuar: ¿por cuál de tus rarezas estaría la gente dispuesta a pagar para evitársela? Si tuvieran que pagarte un curso, ¿sobre qué sería?, ¿para corregir qué defecto? Piénsalo bien porque ahí radica una posible vía de financiación para el resto de tu vida.

«El Invento del Siglo.» Mayo de 2006, tercer día en Bilbao

Hemos pasado ya dos días juzgando y seleccionando inventores. Algunos, los más interesantes, han tenido que darse de baja del concurso, pues hay alguna marca que les ha comprado la patente, con el consiguiente acuerdo de confidencialidad. A medida que vamos avanzando, nos vamos quedando sólo con lo mejor y con lo peor de cada casa.

Créeme, llevo unos cuantos miles de *castings* realizados. En eso consiste un *casting* para televisión: en quedarse con lo mejor y con lo peor a la vez. No se hacen *castings* en este país para seleccionar a los mejores, sino para eliminar a los de en medio. Lo que interesa en la tele es el contraste. Que después de un friki aparezca alguien extraordinario. Negro sobre blanco. Los grises no emocionan. Necesitas a los mejores para que gane alguien con cara y ojos, sí, pero nece-

sitas a los peores para que la gente en sus casas sepa diferenciarlos, y esté contigo, coincida con el criterio del programa y admita que realmente el bueno merece ganar. Todo lo demás es despreciable.

Estamos ya en los últimos coletazos del *casting*, y la velocidad es ya de crucero. Se han abandonado los epítetos agradables y las palabras eufónicas, y el jurado ha pasado a la vía más ejecutiva, orientados ciento por ciento a resultados. A los treinta segundos de empezar alguien a hablar, le interrumpimos y le hacemos las preguntas clave, las que van al grano. En tres minutos ya podemos estar dispuestos a realizar una primera valoración. Y en menos de cinco el concursante ya ha hecho lo que tenía que hacer. Se trata del famoso *elevator's pitch*, sí, pero con un edificio que cada vez tiene menos plantas.

Aun así, acabamos el día extenuados, sobre las dos de la mañana, tras haber pasado más de dieciséis horas juzgando inventos. Después de cientos de entrevistas, ya no sabemos si lo hemos hecho bien o mal, o ni siquiera qué se ha hecho exactamente. Por suerte, el equipo técnico es extraordinario, y nos hemos echado unas risas por el camino.

Ahora toca descansar. Cada mochuelo a su olivo. Ya nos veremos el día de la gala, que por cierto, Tinet amenaza con que será en *prime time.*

1.3. La rareza que no posea nadie más

Dime qué te molesta, y te diré quién eres.

OLIVIERO TOSCANI

«Muy bien, chavalote —pensarán algunos llegado este punto—. Y qué pasa si no tengo ni una rareza que polariza ni otra que mucha gente esté dispuesta a evitar.» Para todos aquellos que se aventuran a llamarme chavalote sin haberme visto desnudo, ha llegado el momento de fijarnos en nuestra singularidad más absoluta, en aquello que nosotros y sólo nosotros poseemos, que como todo lo exclusivo, proyectado, formateado y graduado de la forma conveniente, tiene números para resultar muy molesto para los demás.

El 28 de febrero de 2008, la cadena de televisión laSexta estrenó un programa anómalo en el sentido de que no tenía lugar fijo en la parrilla ni frecuencia predeterminada. El programa «Salvados», producido por El Terrat, consistía en unos cuantos especiales «con el objetivo de acercarse con humor y de una manera fresca, atrevida y sin complejos a algunos de los acontecimientos, instituciones y hábitos más arraigados de la sociedad española, como la Iglesia, el fútbol, la televisión o los toros».[124]

Lo que al principio fue un programa que casi nadie veía, poco a poco, tacita a tacita, molestia a molestia, se fue convirtiendo en un éxito de audiencia. Tanto fue así, que lo que iban a ser un par de especiales sobre campañas electorales se acabaron transformando en una temporada completa, y después en un programa de frecuencia semanal, y después otra temporada más... y así hasta hoy. Las diecisiete entregas de la primera mitad de 2012 obtuvieron una media de un 9 por ciento de *share*, o lo que es lo mismo, reunieron ante el televisor a 1.754.000 espectadores cada semana,

124. http://bit.ly/TIVSPY

que además ha llegado al 11,4 por ciento y 2.165.000 espectadores.[125]

Al frente de «Salvados», desde el principio, se encuentra el inefable Jordi Évole, brillante periodista, presentador y guionista pero sobre todo, como se le conoce en la calle, follonero. Un **hombre inteligente y rápido, algo de lo que lamentablemente carecen casi todos los programas de televisión**, con un muy buen equipo detrás junto al que perpetra cada semana reportajes y entrevistas de lo más incómodos para las víctimas, normalmente políticos y poderosos. Évole se quita importancia y reivindica que eso, molestar, es precisamente la labor del periodismo: «El espectador está reclamando por parte del político más transparencia y claridad. "Salvados" es una buena oportunidad para hacerlo. **A pesar de que haya preguntas incómodas o de que se pueda ver cómo se remueven en la silla según qué preguntas. Pero es que el periodismo tiene que ser incómodo**».[126]

Y no sólo el periodismo. **La primera regla para monetizar la molestia es ésta: *wrong is right*.** Todo lo que nos han dicho que estaba bien, suele estar mal. Y viceversa. Fíjate en lo que defiende el gurú en innovación y marketing Seth Godin: «Nos han vendido un modelo que nos enseñaba a abrazar el sistema [...]. Desde hace unos pocos años, cada vez está más claro que **las personas que rechazan lo peor del sistema actual tienen, de hecho, más posibilidades de triunfar**».[127] Ése ha sido precisamente el caso de Jordi. Por eso, en cuanto al público potencial, en cuanto al posible tamaño de tu mercado, es clave entenderlo como una pirámide invertida: cuanto más arriba molestes, más gente estará de tu parte.

Jordi es un valor seguro mientras siga comprometido con esa acracia, esa falta de respeto a la autoridad y a los poderes estable-

125. http://bit.ly/JWMcMS
126. http://mun.do/MiErE6
127. Godin, op. cit.

cidos, en definitiva, a esa molestia. Mientras siga fiel a esos principios, **será algo único en televisión, una rara avis, una molestia exclusiva** y por tanto, seguirá triunfando, esperemos, que durante muchos años.

¿Cuál de esas rarezas que hemos listado nos hace únicos? ¿Con cuál nos diferenciamos más del resto de los mortales? ¿Cuál se nos ha destacado más de una vez con la frase «Es la primera vez que conozco a alguien que...»? Piénsalo bien, porque un rarito es un tesoro.

1.4. La rareza que sea más novedosa

La novedad es madre de la temeridad, hermana de la superstición e hija de la ligereza.

San Bernardo de Claraval

No tienes una rareza que polarice, ninguna que la gente está dispuesta a evitar y ningún rasgo característico y único al que le podamos sacar partido. Aparte de ser un ente soso que respira y poco más, igual deberías empezar a pensar en crear tu propia secta o religión para salvar al mundo y llevarte a tus seguidores en tu nave espacial. Pero antes de eso, todavía hay esperanza para ti, pues hay un último intento que aún tenemos que explorar. A veces, aunque no seamos los únicos, poseemos una rareza poco vista hasta la fecha, y de eso podemos y debemos aprovecharnos. Y es que la última vía para seleccionar nuestra rareza consiste en fijarnos en nuestra insaciable sed de novedades de nuestras vidas.

Como afirma Marina, «la raíz indoeuropea de la palabra 'hombre' significa 'sed'. El ser humano es consustancialmente sediento. ¿De qué está sediento? Entre otras cosas, de **novedades**. Es *bestia cupidissima rerum novarum*, decía Fausto, y los expertos en teoría de la motivación le han dado la razón: **la novedad es uno de los incentivos naturales, una de las necesidades innatas que guían nuestro comportamiento**».[128]

Tener una aventura extramatrimonial es quizás el mejor ejemplo y el más extendido de búsqueda personal de la novedad. Los adúlteros están dispuestos a arriesgar todo su mundo a cambio de dosis puntuales de excitación novedosa. Es una molestia, sí, pero de las malas. Excitante, en muchos casos, y mortal de necesidad en muchos otros, pero una molestia al fin y al cabo. Sólo la cantidad

128. Marina, op. cit.

de coartadas y la memoria histórica de mentiras y engaños que se requiere para mantener a tu pareja al margen de la verdad, ya merecen un esfuerzo y una dedicación suplementaria considerables. Sin embargo, a mucha gente parece que le compensa —o como mínimo, eso me han contado— y es porque el adulterio sacia su continua sed de novedades.

Victoria Milan sabe de esta sed de novedades y —lo más importante— tiene una respuesta para ella. Y cuando digo respuesta, no me refiero a una respuesta desde el sofá de casa desde donde todos somos entrenadores; me refiero a una empresa. Victoria es capaz de transformar molestia mala en molestia buena. Desde su portal, presume de haber creado «la primera web de citas en Europa dirigida a personas casadas, o que están ya en una relación».[129] La empresa de Victoria ha sido y sigue siendo muy molesta, tanto que su publicidad tanto *off* como *online* ha provocado ya varias quejas entre los ciudadanos que se han visto expuestos a ella,[130] y ha obtenido una rentabilísima cobertura en medios[131] que los propietarios de la web jamás habrían podido pagarse de una forma convencional.

Otro hombre odiado por causas similares, pero a nivel mundial, es Noel Biderman. Como siempre recitan los medios cada vez que lo nombran, «sus detractores son legión desde que fundó Ashley Madison, la red social *online* que pone en contacto a quienes quieren vivir una aventura amorosa».[132] Otro que ha monetizado la molestia. Otro que ha levantado un imperio presente ya en catorce países y valorado en trescientos millones de dólares[133] gracias a resultar molesto para más de nueve millones de parejas en todo el mundo a las que ha tentado y seducido

129. http://www.victoriamilan.es
130. http://bit.ly/kcgKHH
131. http://bit.ly/R6YfzT
132. http://mun.do/wCKxJJ
133. http://mun.do/wCKxJJ

con una simple frase: «La vida es demasiado corta. Ten una aventura».

Ése es el componente más común de muchas molestias altamente rentables: que apelen a nuestra necesidad de novedad derribando de un plumazo lo rutinario, lo lógico y lo normal. «**El único valor permanente es la novedad, que no es permanente**. [...] La novedad es un criterio vacío, que conduce a una rutinización de la originalidad: **lo importante es distinguirse, y para ello basta un sistema muy elemental de transformaciones: negar lo lógico, lo tópico, lo normal**.»[134]

Si aún no notas el guante de látex en alguna parte de tu anatomía, quizás es porque no te has hecho las preguntas correctas: ¿cuál de las rarezas que me quedan en la lista satisfacen alguna necesidad de novedad, sea mía o de la gente de mi entorno? ¿Qué es lo que ya se considera normal y aun así todo el mundo desearía retar?

«El Invento del Siglo.» Junio de 2006

El plató de «El Invento del Siglo» se encuentra en la Sala Anexa del Palau Sant Jordi de Barcelona. Al llegar constato, primero, que estoy más nervioso que en los *castings*, y después —o a la vez— que me impresionan las dimensiones del montaje. Como siempre ocurre con Gestmusic, todo el equipo, por grande que sea, funciona como un reloj. Todo el mundo sabe lo que tiene que hacer, y lo hacen casi sin hablar entre ellos, como hormigas en un hormiguero, pero sin Pablo Motos.

El presentador del programa, Carlos Sobera, es un tipo cercano, afable y muy tranquilo. De esas personas tan solventes y tan seguras, que hasta se contagia.

A la hora en punto empieza la gala. Carlos me presenta como «el Clint Eastwood español», alegrándome el día. Los concursantes se van sucediendo y aquello se acerca cada vez más a un gran despropó-

134. Marina, op. cit.

sito. De la criba que habíamos hecho, empiezan a salir inventos de lo más absurdos, una fregona que no es una fregona, una tapa del váter de lo más surrealista, un colgador de cepillos de dientes... «En qué estaríamos pensando cuando seleccionamos eso...», nos decimos todos a coro.

En fin, el daño ya está hecho, y lo que es peor, grabado. Al final, para más inri, gana el del soporte para cepillos de dientes. Ése acaba siendo, según el experto jurado del que formo parte, el Invento del Siglo.

Apaga y vámonos.

Paso 2
Identifica un enemigo (contra quién)

Dedico esta edición a mis enemigos, que tanto me han ayudado en mi carrera.

Camilo José Cela, dedicatoria a *Pascual Duarte*

Hemos seleccionado nuestra rareza (o creado definitivamente nuestra secta y estamos esperando el día del Juicio Final mientras construimos la nave). Ahora ha llegado el momento de saber a quién vamos a deleitar con nuestra molestia, las horas de sueño de quién están en vías de extinción, a quién le vamos a dedicar todo nuestro cariño más molesto a partir de hoy, a partir de ahora.

Joaquín Lorente, amigo, ex jefe, gurú, publicista retirado y autor de libros de éxito, defiende que «**todo cliente es una causa**». Y toda persona también, me atrevería a decir. La gente que vale la pena está en permanente lucha contra algo. Siempre he pensado que la madurez y la dimensión humana e intelectual se adquieren primero dándose cuenta de que no heredamos un mundo perfecto, y acto seguido intentándolo dejar mejor de lo que uno se lo encontró.

Cada vez que hablo de humanidad y de enemigos, no sé por qué, pienso en políticos. Quizá sea por eso por lo que las campañas de

propaganda electoral están repletas de anuncios críticos que son disparados contra los demás candidatos. Se trata de remarcar lo que NO tienen en común distintas propuestas electorales, ya que, como afirma el socio de Sterling Cooper, cuando se trata de anuncios de campaña electoral, «**un anuncio crítico nos va a beneficiar mucho más. Con un anuncio positivo reafirmas a quienes ya te votan, pero con uno crítico, captas a los indecisos**».[135] Y son los indecisos los que acaban decidiendo las elecciones. Esa masa de gente que aún no ha decidido su causa, contra qué va a votar esta vez.

Lo escribió Sun Tzu en *El arte de la guerra* hace como mínimo la edad de Sara Montiel. No hay causa sin enemigo. No hay batalla sin oponente. No hay lucha sin rival. Así que antes de seguir adelante, deberemos preguntarnos contra quién luchamos. Nuestro enemigo nos definirá, dará sentido a nuestra existencia, nuestro enemigo logrará que la sociedad quiera que existamos e incluso nos cohesionará como grupo: «Cuando un grupo de gente está fracturado internamente, **lo mejor para unificarlo es provocar una guerra contra un enemigo exterior, real o imaginario**. Retrocediendo en la historia tan lejos como nos es posible, vemos que los líderes más cínicos han provocado guerras para lograr la cohesión entre aquellos sobre quienes querían gobernar».[136]

Nos define mucho más la causa contra la que luchamos que todas aquellas por las que estemos a favor. Piensa en quién es tu antifán, o como diríamos en marketing, tu *antitarget*. Tómate tu tiempo para pensarlo, pues de la elección que tomes dependerá el éxito de tu molestia.

Por eso, **el segundo paso del Método Annoyomics© consiste en identificar a nuestro enemigo**. Hay que ser muy cuidadoso con la selección, pues será tan grande como la causa contra la que luches. Si luchas contra el cáncer serás más grande que si luchas

135. Matthew Weiner, *MAD MEN*, temporada 1, episodio 10, 2007.
136. Sternberg y Sternberg, op. cit.

contra las manchas de tinta. Si luchas contra el cambio climático serás más grande que si luchas contra los calcetines blancos (bueno, igual no tanto).

Lo siento mucho por los lectores sensibles, pero tengo que volver a la política. Cuando el cuadragésimo quinto vicepresidente de Estados Unidos se presentó a las elecciones de su país, ya hacía tiempo que había encontrado a su enemigo. Albert Arnold Gore, más conocido como Al Gore, concurrió a las elecciones siendo ya un autor publicado de éxito con su clásico de 1992 *Earth in the Balance: Ecology and Human Spirit*, todo un alegato por una revolución en la conciencia ecológica global. Pero fue tras perder las elecciones contra George W. Bush en 2000 cuando su vida se vio forzada a realizar un giro copernicano.

De la noche a la mañana, el ex candidato estadounidense más joven, apuesto, brillante y prometedor de los últimos cuarenta años, se había convertido en el fracasado, amargado, refunfuñón y mal perdedor que se había tropezado en el primer escalón de la Casa Blanca por un puñado de votos en Florida que encima había que recontar, dejando unos días más sin presidente y sumiendo en la más absoluta confusión a la primera potencia del mundo. Los ojos de todas las naciones estaban puestos en su gabinete, y tras unas semanas de conflictos jurídicos, reinterpretaciones de papeletas y apelaciones judiciales, Gore desistió, tiró la toalla y reconoció la victoria de Bush. Sin embargo, el daño ya estaba hecho: en todo ese proceso desgastador, las acciones del joven Gore habían bajado a mínimos históricos, y de pronto nadie daba un dólar por él.

Había que hacer algo. Había que reinventarse. Y nada como sacar a un viejo enemigo del cajón para redefinirse de cara a la opinión pública global en muy pocos años. El calentamiento global primero, y el cambio climático después, darían a Gore una causa por la que seguir peleando, un enemigo público contra el que existir, una razón sólida, poderosa y universal por la que la misma sociedad que una vez le vio hundirse en la miseria y desaparecer,

deseara de nuevo que alguien como él existiese. En 2005 creó Current TV, su propio canal de televisión de denuncia *online*, y el 21 de noviembre de 2006 estrenó *Una verdad incómoda*, documental de poco más de hora y media en el que denunciaba la situación insostenible en la que estábamos dejando al planeta, a expensas de la indiferencia de políticos y grandes corporaciones.

Cualquiera podría preguntarse por qué no lo denunció más y más fuerte mientras ocupó su cargo como vicepresidente de una de las naciones más contaminantes del planeta, por qué no luchó para que su país se adhiriese al protocolo de Kyoto, por qué no negó que su casa particular consumiese veinte veces más que la de una familia media estadounidense, etc.[137] Pero todo eso ahora no importa. Lo que importa es que, de ser un defenestrado perdedor y llorica en las elecciones más mediáticas del mundo, de la noche a la mañana pasó a ser un brillante conferenciante que cobraba entre 69.000 y 117.000 euros por discursito,[138] que su fortuna se multiplicó por cincuenta en sólo siete años, y que encima obtuvo los galardones más prestigiosos del planeta, entre ellos el Oscar al mejor Documental y, no lo olvidemos, el premio Nobel de la Paz. (A mi, siempre que alguien que ocupa un sillón relevante en la Casa Blanca obtiene el premio Nobel de la Paz, me entra la risa tonta, pero en fin.)

La campaña del cambio climático no sé, porque sigue igual de mal o incluso peor, pero la campaña de Al Gore, un diez. Todo gracias a haber elegido un enemigo correcto, del que nadie se había apropiado, contra el que nadie estaba luchando en el ámbito mediático y de la misma dimensión que su anterior batacazo, *et voilà*.

137. http://bit.ly/SZZKy5
138. http://bit.ly/jHGRz5

Al Gore y Davis Guggenheim con el Oscar por *Una verdad incómoda.*

Y qué pasa si no tienes un enemigo tan claro como el de Gore. No te preocupes, que aunque no quieras, te lo inventarás. Según José Ovejero, tenemos tanta necesidad de proyectar nuestros miedos y nuestras frustraciones contra algo o contra alguien, que cuando no tenemos enemigos, nos los tenemos que inventar:

> La literatura y el cine de aventuras han servido para proyectar los miedos y el instinto agresivo de nuestras sociedades sobre sucesivos modelos de salvajes, que muestran la evolución ideológica de Occidente: **cuando ya no es posible considerar malvados o ignorantes a todos los salvajes, la literatura de aventuras busca nuevos enemigos**, como los extraterrestres: **la ciencia ficción nos permite volcar nuestra violencia imaginaria, no sobre seres humanos, que tienen derechos y todas esas zarandajas, sino sobre seres de otro planeta; nos concede el placer catártico de destruir, no ya ejércitos, mundos enteros.**[139]

Puede que George W. Bush se inventara las armas de destrucción masiva, pero ¿y el enemigo permanente que ganó en los países árabes y la consecuente campaña de miedo y financiación armamentística que propició? ¿Es que nadie piensa reconocérselo? ¿Dónde está su Premio Nobel?

Sólo nos falta la pregunta lógica: cómo encontramos la causa, cómo saber contra qué luchar. La respuesta más obvia radica en tu propia indignación. ¿Qué o quién te indigna? ¿Qué o quién te crispa cada vez que se pronuncia su nombre? ¿Qué persona, entidad o cosa crees que ya debería dejar de hacer lo que está haciendo, o empezar a hacer lo que no está haciendo? En la medida en que seas capaz de identificar hacia dónde señala tu indignación, ésa será la dirección en la que se encuentre tu causa.

Y ya que he mencionado a Michael Crichton y su entrevista de 2005 en «La Contra» de *La Vanguardia* en la que había expresado con claridad y contundencia el Teorema de Crichton («Si cuando hablas nadie se molesta, eso es que no has dicho absolutamente nada»), esa entrevista fue concedida para promocionar la que sería su última novela, titulada *Estado de miedo*. En ella, unos ecoterroristas perpetran una serie de atentados para apoyar la base teórica de cara al congreso del Fondo Nacional de Recursos Medioambientales. La novela, tan entretenida como todas las de Michael

139. Ovejero, op. cit.

y tan previsible como todas las de Crichton, incluye numerosos gráficos, notas al pie y bibliografía que apoyan la tesis de la trama. Es decir, juega a demostrarnos que está basada en hechos muy reales, y lo hace encontrando un enemigo al que molestar en cada libro: esta vez fueron los apasionados seguidores del señor Gore.

Se trata de pensar en marketing, pero a la contra. En vez de preguntarnos a quién queremos gustar, nos será mucho más rentable preguntarnos CONTRA QUIÉN debemos actuar. En vez de llamarlo *target*, lo llamaremos *antitarget*, cónyuge o, directamente, enemigo.

Y ¿qué tipo de víctimas podemos elegir para nuestra molestia? ¿Cuáles son las más agradecidas? ¿De cuáles obtendremos un mayor beneficio?

2.1. El enemigo es tu competidor

> Cualquiera que tenga forma puede ser definido, y cualquiera que pueda ser definido puede ser vencido.
>
> SUN TZU

Mac o PC, Nocilla o Nutella, Nesquik o Cola-Cao, BMW o Audi... El mundo de las mayores marcas y los productos de éxito siempre está radicalmente polarizado. O eres de un bando o perteneces al enemigo. O estás conmigo o estás contra mí. Las campañas de Mac versus PC son ya un ejemplo paradigmático de lucha fratricida dentro del mismo sector. Como afirma el maestro Lindstrom, «esta estrategia de confrontación atrae a los fanáticos, incita a la controversia, crea fidelidad y nos pone a pensar y a discutir y, obviamente, a comprar».[140] Si es el líder, para mantener su liderazgo; si es el segundo, para conseguirlo; si eres el novio, para mantener la pasión; si eres el amante, para desbancar al que esté de titular... Desde que el capitalismo y el libre mercado son lo que son, y hasta que encontremos una forma menos mala de generar valor y tirar de la economía, siempre habrá un competidor dispuesto a dejarse molestar.

Si hay una lucha paradigmática en el terreno de la batalla por cuota, ésa es sin duda la que libran los refrescos de cola en Estados Unidos desde los años setenta, una lucha por el control de un mercado monopolizado por dos marcas, Pepsi y Coca-Cola, Coca-Cola y Pepsi, que nos ha dejado grandes momentos en forma de anuncios de televisión, dentro y fuera de la Superbowl. Sin embargo, si tuviera que destacar tres hitos en esta guerra de muchos años y de cientos de batallas, serían los siguientes:

1. 1974. Una simpática viejecita entra en un supermercado, y tras ser invitada a realizar un test ciego y probar dos tipos de colas

140. Lindstrom, op. cit.

diferentes, elige sin dudarlo Pepsi. Este primer anuncio bomba, rodado en tono documental, desquició tanto a Coca-Cola que puso a sus directivos sobre la pista errónea de la creación de una New Coke.[141]

2. 2005. Por primera vez, Pepsi supera a Coca-Cola en rentabilidad como compañía, así como en capitalización bursátil. Un duro golpe para los rojos, que aunque se mantuvieron por encima en cuota de mercado, tardaron años en volver a ser más rentables que los azules.[142]

3. 2010. Pepsi decide no gastarse el presupuesto de la Superbowl —unos veinte millones de dólares— en un anuncio de publicidad, y en vez de eso, lanza el Pepsi Refresh Project. La idea consiste en invertir esos veinte millones de dólares en ideas que mejoren el mundo, ya sea a pequeña o a gran escala. Y las ideas tenían que venir de la misma gente, vehiculadas a través de la web RefreshEverything.com. Aunque el proyecto fue declarado un fracaso por algunos medios de prestigio como el *Wall Street Journal*,[143] sigue siendo la primera vez en la historia en la que uno de los dos combatientes se retiró de la batalla para ser de alguna ayuda al hasta entonces pasivo espectador.

Como bien sabe mi querida amiga Belén Esteban, la guerra es una posición difícil de mantener durante demasiado tiempo, y por tanto muy agotadora, pero también aporta sus réditos y sus beneficios. Lo afirma Martin Lindstrom: «Todavía hoy, ejecutivos de ambos lados ya retirados reconocen que la verdadera razón por la que consiguieron convertirse en marcas globales y dominar el mundo, en palabras de uno de sus ex combatientes, **fue gracias a que "no íbamos al trabajo, íbamos a la guerra**"».[144] Esa guerra

141. http://bit.ly/pvKZsL
142. http://bit.ly/UrjfvO
143. http://on.wsj.com/egZcgM
144. http://bit.ly/VZjkdo

no puede ser nunca algo íntimo que suframos sólo nosotros y en silencio; hay que hacer partícipes de ella a nuestros amigos, clientes y familiares: «Es importante para una marca mantener ese foco en el enemigo **dentro de la arena pública**». Hay que compartirla, y hay que hacer pública cada batalla, sobre todo cuando la ganemos. «Como consultor de marcas globales, siempre les pregunto sobre sus principales competidores, en otras palabras, les **pregunto por sus enemigos**. Todos tienen como mínimo uno. Sin embargo, cuando les pregunto cuán público es ese enemigo, la conversación generalmente se encalla. Muchos ejecutivos se muestran temerosos de molestar a alguien. **Cuando la verdad es que eso es exactamente lo que deberían hacer: molestar a sus enemigos**.»[145]

Julio de 2006, operación fracaso

La primera gala de «El Invento del Siglo» se emite en el prometido *prime time* y, como todo apuntaba, acaba siendo un rotundo fracaso. Logra un trece y pico por ciento de audiencia, quién lo pillara hoy en día. Sin embargo, en el escenario previo a la aparición de las privadas pequeñas, eso era todavía considerado una debacle en Antena 3.

Durante el programa, compruebo que se emiten sólo los momentos en los que yo aparecía más serio y borde, y han eliminado aquellos en los que estuve más amable con los concursantes, que también los hubo. Primera lección aprendida: si el programa no es en directo, es probable que no seas tú aquél al que la gente acabe viendo.

Retiran el programa de parrilla tras una sola emisión. Tinet me llama y me da la noticia. Pero no me da sólo esa noticia. Además, me dice que le gustó cómo lo hice en el programa y que querría proponerme de jurado en otro programa que está preparando para otoño. Su nombre es «Operación Triunfo».

145. Ibídem.

Yo le contesto que odio profundamente ese programa, que jamás he visto una gala entera, y que odio todo lo que ha significado para la música y para los músicos de este país, amigos míos que vieron cómo, de la noche a la mañana, las discográficas sólo fichaban talento salido de la televisión, que encima copaba el 70 por ciento de las listas de éxito, etc.

La respuesta de Tinet, como siempre, es para enmarcar: «Precisamente por eso quiero que estés. Necesito a alguien **molesto**. Necesito a alguien como tú». Bueno, vale, igual esta última jamás la dijo, pero es como yo lo recuerdo.

2.2. El enemigo es tu cliente

Toda gran verdad nace como blasfemia.

George Bernard Shaw
Annajanska, 1919

Morder la mano del que te da de comer es una estrategia poco recomendable, sobre todo por la pérdida de reputación que supone, aunque a veces puede generar sus frutos positivos.

La página web DecorMyEyes.com sorprendió en noviembre de 2010 saltando a las páginas editoriales de *The New York Times*[146] cuando decidió empezar a maltratar, amenazar e incluso extorsionar a sus clientes, todo para tratar de ganar publicidad gratuita y subir puestos en Google, cosa que efectivamente consiguió.

Fue precisamente una española afincada en Nueva York, Clara Rodríguez, quien desató la molestia. A finales de julio de 2010, Clara insertó en Google su marca de gafas de sol favorita, en busca de alguna jugosa oferta. Fue así como dio con DecorMyEyes.com, donde parecía que tenían el modelo que buscaba y a muy buen precio. Clara formalizó su pedido, y cuál no sería su sorpresa al ver que al día siguiente un tal Tony Russo (seudónimo de Vitaly Borker) le escribía un correo electrónico en nombre del sitio web informándole de que su modelo estaba agotado y debía elegir otra marca en su misma tienda.

Clara respondió que no quería otra marca, y que le devolviesen el dinero. Al cabo de unos días recibió un par de gafas, sí, pero falsas. De ahí, corte a una serie de mensajes que fueron subiendo de tono poco a poco, de la ironía al cabreo, del cabreo a la violencia verbal, hasta llegar incluso a amenazar físicamente a la sufridora clienta, que pudo leer en su bandeja de entrada frases como ésta: «Mira, zorra. Sé tu dirección. Estoy al otro lado del río». Pero es

146. http://nyti.ms/eoPuAl

que el caso de Clara no fue el único. Cuando buscó comentarios de consumidores en internet (algo que debería haber hecho antes de comprar, si se me permite el consejito), se encontró con una legión de antifans que ponían a caldo a la página web.

De este modo analiza la estrategia de DecorMyEyes.com la revista *Yorokobu*:

> «Vitaly Borker, un comerciante de gafas por internet, dueño de DecorMyEyes.com, literalmente escupe sobre la tumba de la persona que inventó la frase "El cliente siempre tiene razón". Y no sólo eso. Ha descubierto que los centenares de malas experiencias vertidas contra su servicio en la red, lejos de perjudicarle, han hecho que su página tenga una posición privilegiada en Google, algo que se traduce en que su negocio puede llegar a facturar más de 20.000 dólares en un día».[147]

Una publicidad que jamás podría haberse costeado sin molestar.

De todas maneras, hay que ir con MUCHO cuidado cuando se convierte a nuestro cliente en nuestro enemigo, porque es probable que nos salga mal. Yo lo intenté en 2008 cuando concebí, realicé y puse en televisión una campaña para Global Humanitaria en la que intentaba conseguir apadrinamientos utilizando mi imagen de jurado de «Operación Triunfo». La idea consistía en montar un *casting* para el anuncio, y emitir ese mismo *casting*, durante el cual yo les pedía a los niños aspirantes que llorasen, que mintiesen, que pusieran cara de pena, etc. Todo, porque, como decía al final, quería comprobar «qué *show* hay que montar para que tú apadrines a un niño». La campaña fue retirada al día y medio de su emisión, porque cada vez que se emitía, llamaban padrinos para darse de baja. Todo por elegir el enemigo equivocado.

147. http://bit.ly/TXKccc

Septiembre de 2006

Unos meses más tarde, Tinet vuelve a llamarme. Está teniendo problemas para convencer a sus jefes, Toni Cruz y Josep Maria Mainat, acerca de mi presencia en «OT». Por lo visto, consideran que me puedo cargar su niña bonita, su concurso estrella, y sobre todo el buen rollo y el carácter blando (perdón, quería decir blanco) del programa. Tinet me pregunta si estaría dispuesto a acudir al despacho de sus dos jefes para tener una charla con ellos. Yo le respondo que encantado, pero le advierto que no sé muy bien qué puede pasar si me preguntan la opinión sobre el concurso. Como bien ha podido comprobar, en situaciones de estrés sufro de incontinencia de honestidad.

Tinet me dice que por él no hay problema. Que sea yo mismo. Otra frase de la que algún día se acabará arrepintiendo. Los jefes me citan un día por la tarde en su despacho de la última planta del edificio de Gestmusic. La entrevista dura una hora escasa, y es cualquier cosa menos relajada. La principal preocupación de Mainat y Cruz es el grado de beligerancia que puedan llevar mis comentarios. Sólo quieren oír de mi boca que no me pasaré, que tendré tacto con los chavales. Yo les digo exactamente lo que quieren escuchar. Seré bueno, trataré de hacer mi trabajo lo mejor posible, y sobre todo, no haré nada que le quite foco a los verdaderos protagonistas del formato: los concursantes. Ellos hacen ver que se lo creen, y se acaba la reunión.

Nada más lejos de mi intención que hacerme notar por hacerme notar. Si he dicho que sí a esta experiencia, de nuevo es para poder coleccionar un momento para recordar. Lo único que vale la pena coleccionar en esta vida son experiencias nuevas. Y ésta prometía ser una muy excitante.

Al salir de la reunión, Tinet me pregunta qué tal ha ido. Yo le contesto que creo que bien, aunque también le digo que dudo que se lo hayan tragado. Si uno ve el montaje de «El Invento del Siglo», tiene muy claro mi estilo de juzgar cualquier cosa que no me guste.

2.3. El enemigo es la madre que te parió

> Los buenos guerreros hacen que los adversarios vengan a ellos, y de ningún modo se dejan atraer fuera de su fortaleza.
>
> SUN TZU

Si alguien sostiene los valores exactamente opuestos a los nuestros, a veces es una buena estrategia convertirlo en enemigo, incluso aunque sea quien más te quiere en este mundo.

Eso es justo lo que descubrieron los desarrolladores de Electronic Arts: existe una relación directamente proporcional entre el grado de *«coolness»* de un videojuego y el escándalo que provoca entre las madres de los que lo han de consumir. A más horrorizadas, mejor para el videojuego.

Y así vendieron *Dead Space 2*, con una serie de vídeos[148] en los que enseñaban a madres expuestas a las escenas más violentas y repugnantes del videojuego. Las reacciones son de lo más graciosas... para un adolescente. Contemplar señoras que se horrorizan ante lo que un chaval considera de lo más normal es sin duda motivo de hilaridad entre los potenciales consumidores del videojuego.

Obviamente, su estupor actuó como un gancho irresistible para los jóvenes que lo tenían que consumir, convirtiendo el videojuego en una de las sensaciones de la temporada. De nuevo, un éxito de la molestia bien dirigida, esta vez dirigida a la madre que te parió. La estrategia fue todo un éxito, pues logró doblar las ventas de su antecesor.

Algo parecido intentaron hacer los creativos de Fanta España para su campaña Robertus[149] en 2011; reírse de un adulto aburrido, despreciable y crítico con la juventud y de esa forma, conseguir la aprobación de su consumidor.

148. http://bit.ly/dNtkyf
149. http://bit.ly/mKRhKA

2.4. El enemigo es tu pareja

El 14 de febrero de 2011 (tenía que ser el día de San Valentín, día mundial de los enamorados) se inauguró en Ámsterdam www.DivorceHotel.com, el primer Hotel Divorcio del mundo. El objetivo, ofrecer a sus estimados huéspedes un paquete especial por el que se concentraban los engorrosos trámites y las tensas negociaciones de un divorcio, pero en sólo un fin de semana.

Cuando nuestra pareja es el enemigo a eliminar de nuestras vidas, lo que queremos es que desaparezca lo antes posible y con los mínimos efectos secundarios. Y eso es precisamente lo que ofrece Jim Halfens, una forma lo más rápida y lo menos dolorosa posible de partir peras, en sólo tres días y a un coste, según él, razonable.

De hecho, no se contenta con hacerlo rápido, además lo complementa con una serie de servicios complementarios y comodidades más propias de un hotel de lujo que pueden ayudar a pasar mejor el difícil trago. Los cónyuges duermen en habitaciones separadas, salvo que soliciten lo contrario, mientras que los servicios jurídicos, psicológicos y antiestrés se ponen a su disposición para ir deshaciendo el asunto, y al final del día pueden celebrar sus progresos en el Café del Divorcio, donde también puede que encuentren a su nueva otra mitad.[150]

Todo un negocio basado precisamente en lo molesto que resulta un divorcio, sí, pero sobre todo en haber convertido una batalla contra un enemigo íntimo en una negociación diplomática, ya que, como dijo Laozi: «Cuida el final como cuidas el principio y no cosecharás fracaso».

150. http://bit.ly/U9cDTP

OT 5. Domingo, 8 de octubre de 2006, 19.00 horas

Volvemos a mi primera reunión de jurado. Mis compañeros están opinando sobre los ensayos. Yo los observo en silencio. Cualquiera pensaría que estoy maquinando y analizando concienzudamente. Pero no. Resulta que la noche anterior había montado una fiesta en casa y las últimas invitadas se habían marchado a las nueve de la mañana. No te lo crees. Yo tampoco. En realidad estoy usando la vieja táctica del mudito: cuando no tengas nada interesante que decir, calla y entorna los ojos, como si estuvieras recordando la lista de la compra. La gente pensará que eres más inteligente de lo que realmente eres, o simplemente les caerás mejor. Mira el enano Mudito en Blancanieves, siempre fue el que más éxito tuvo, y mira que era feo el tío.

Avanza la reunión sin incidentes remarcables. Sin embargo, no soy el único que permanece callado. Al otro lado de la sala, Josep Maria Mainat, productor ejecutivo y jefe de todo el *tinglao*, nos examina en silencio. Algo me dice que Mainat no sigue la táctica del mudito, sino que está ahí para evaluar a los que evalúan, para juzgar a los que juzgarán. Él está ahí para hacer de juez de jueces. Algo así como un Consejo General del Poder Triunfito.

Mis compañeros dan sus opiniones, y se empiezan a repartir los concursantes. Eso significa que en breve decidirán a cuál de los triunfitos se van a dirigir, y en qué orden. A partir de ahí, la evaluación final se hará in situ, ya en el plató, pero hay que tener previsto de antemano el orden según la escaleta del programa y quién hablará con quién.

Cuando están enfrascados y a punto de repartirse los concursantes, Mainat interrumpe la reunión: «Antes de acabar, a mí me gustaría saber qué opina Risto, que no ha abierto la boca». Yo respondo con un lacónico «¿Yo?», acompañado de un gallo en la voz, como si hubiera cien Ristos en la sala y yo fuese el que los tiene que despertar. «Sí, tú, estás aquí para opinar, ¿no?»

No lo sabes tú bien, Mainat, no lo sabes tú bien.

Con voz algo más creíble pero aún impostada, empiezo a expresar lo que pienso del concurso. Primero, como buen melómano y amigo de muchos músicos, opino que «OT» es un concurso televisivo más,

un *reality* con banda sonora, un espectáculo familiar, pero bajo ningún concepto un concurso musical. Segundo, estoy convencido de que aquí no se viene a evaluar a verdaderos músicos, ni a sus canciones, ni siquiera el valor artístico de sus actuaciones, sino más bien a intérpretes que versionan temas ajenos, sin más apoyo que las pistas pregrabadas en un secuenciador mientras un grupo de bailarines hacen ver que tocan los instrumentos. Y por último, creo que por culpa del espacio que vienen ocupando desde 2001 muchos concursantes de «OT», otros músicos, bandas y artistas noveles no han tenido la oportunidad que merecían por parte de la industria.

Se hace el silencio. Alguien dice: «Vale, seguimos».

Lo que no cuento es que, si en su momento dije que sí a participar en el concurso, no fue sólo por curiosidad profesional, por vivir una noche desde el lado de los contenidos televisivos, y no desde el publicitario. Si en su momento dije que sí, fue también porque «OT» me ofrecía el lujo de disponer de tres minutos en *prime time* para, lo hiciese como lo hiciese, tener la oportunidad de construir una marca personal en el momento de máxima audiencia de la televisión nacional. Una oportunidad demasiado golosa para un publicitario como para rechazarla.

La reunión finaliza. Nos repartimos las intervenciones y nos emplazamos a la gala para acabar de decidir un veredicto consensuado. Es entonces cuando los redactores nos facilitan a los miembros del jurado unas octavillas con los textos que deberíamos pronunciar, tanto si aprobamos como si suspendemos al aspirante. Al tratarse de una gala en directo, de intervenciones muy breves y de jueces que no están acostumbrados a salir por la televisión, la productora prefiere no jugársela, y nos propone un guión para las intervenciones, sean del signo que sean, para utilizar sólo en caso de que nos quedemos en blanco. En el tarjetón se pueden leer las típicas frases que hemos escuchado todos miles de veces en todo tipo de concursos:

—Enhorabuena, ya has demostrado que puedes llegar hasta aquí.

—Sin embargo, este jurado tiene serias dudas sobre tu valía para este concurso.

—Aún tienes muchos tics y vicios que deberías corregir.

—Tienes una gran voz, pero con eso no basta.

—Así que vamos a dejar la decisión en manos del público.

Yo soy publicitario. Trabajo construyendo marcas. Las construyo mostrándolas en televisión. Y las muestro a golpe de titular. Por tanto, no puedo evitar mirar con displicencia a los pobres redactores que me dan el guión. Pobre gente, no saben con quién están hablando. No se dan cuenta de que, en cuanto se enciendan las luces y me abran el micro, soltaré una perla tras otra y los voy a dejar a todos con la boca abierta.

En ese momento me creo que sé mejor que nadie cómo construir una marca en sólo treinta segundos, a santo de qué me iba yo a quedar en blanco, si eso es justo lo que llevo haciendo toda la vida. Aún no entiendo la diferencia básica entre un directo y un diferido. Pero me quedan pocos minutos para experimentarla en mi propia piel. De todos modos, para que nadie se sienta incómodo el primer día, decido callar y llevarme los tarjetones al plató.

21.30 h. Empieza el espectáculo. Gala 0 de «OT». El presentador hace lo único que sabe hacer, que es presentar, y da paso a las primeras actuaciones, aplausos, excitación, y tras todo eso, introduce a los miembros del jurado, que tienen que empezar a emitir sus primeros veredictos. Ha llegado el momento. Yo estoy como la canción, tranquilo y confiado, pero sobre todo convencido de que mi inconmensurable carisma brillará en el mismo momento en el que mi cara bonita entre en algo más de cuatro millones de hogares.

22.15 h. La cámara me enfoca, el presentador pronuncia el nombre de la concursante que va a ser juzgada, Claritzel, e inmediatamente me da paso, el público atiende y me dispongo a alardear de mi dominio del *branding* en un directo.

Ésta es la gala que nadie recuerda. Ésta es la gala que nadie se reenvió por correo electrónico. Ésta es la gala que nadie ha visto en YouTube.

De pronto, se me encogen las pupilas, se me eriza el vello del cogote, los ojos como platos y me empiezan a sudar hasta las uñas de los pies. Mi discurso espontáneo e ingenioso arranca con un elocuente «Eeeeeh». Y a partir de ahí nada. Pero nada es nada. No logro articular ni una sola palabra. Pasan unos segundos que parecen ho-

ras y mi mente se ha quedado literalmente en blanco. De pronto, encuentro la luz:

—Enhorabuena, ya has demostrado que puedes llegar hasta aquí.

»Sin embargo, este jurado tiene serias dudas sobre tu valía para este concurso.

»Aún tienes muchos tics y vicios que deberías corregir.

»Tienes una gran voz, pero con eso no basta.

»Así que vamos a dejar la decisión en manos del público.

Se acaba la gala. Abandono el plató, totalmente avergonzado y superado por la situación, mientras trato de consolarme pensando en que la próxima vez lo haré mejor.

Es entonces cuando una simpática ayudante de producción me comunica que lo más probable es que no haya una próxima vez. Por lo visto, la primera gala también sirve de filtro de jurados, que quedan a expensas de que los vuelvan a llamar para el próximo programa, o bien de que pasen directamente al olvido del que jamás debieron salir.

Aquí es donde ya me hundo definitivamente.

Cuatro años de licenciatura, dos de máster, diez años currándome una carrera profesional en agencias de prestigio internacional, y todo para poder convertirme en un mono de feria que lee tarjetones en el *prime time* de una cadena de difusión nacional.[151] No sólo he hecho el ridículo ante toda España y ante la profesión. Es que, además, puede que no tenga ocasión de resarcirme nunca. Mi única intervención en televisión ante millones de espectadores ha sido una gran oportunidad desaprovechada y, lo que es peor, en los límites de lo lamentable, pero por fuera.

151. Esto lo digo sin la menor intención de faltar al sueño de muchas *misses*.

2.5. El enemigo es tu ex pareja

Alguien que nos haya maltratado puede ser transformado en perfecto enemigo, sobre todo porque es una forma tan inmediata de empatizar con quien nos va a comprar que nos ahorra muchos argumentos.

Esto es lo que debieron de pensar los creativos de Grey Group en 2011, cuando lanzaron AcuerdateDeTuEx.com, o como lo titularon en la página web: «El Regalo Más Caca De San Valentín». La idea es bien sencilla: decidieron que en una fecha tan romántica, en un momento en el que todo el mundo se acuerda de alguien amado, seguramente había también mucha gente que se acordaba de sus ex parejas, y no precisamente para desearles bien. Así que pusieron en marcha un sitio web días antes del 14 de febrero, a través del cual podías enviarle a tus ex un paquete relleno de excrementos exóticos (pingüino, rinoceronte, etc.) u optar por la opción más cañí (burro, vaca, etc.). Una pena que no lo repitan cada año.

Como nos recuerda Robert J. Sternberg, decano de la Facultad de Artes y Ciencias de la Universidad Tufts, «**poblaciones enteras han construido su significado mediante la oposición a algún otro grupo**».[152] De nuevo, la estrategia de elegir un enemigo común nos une más a nuestro cliente... y por lo tanto a su cartera.

152. Sternberg y Sternberg, op. cit.

2.6. El enemigo es tu vecino

La paz es la ausencia de vecinos. En cuanto nació el concepto «vecino», surgió el concepto «guerra» y ahí se empezó a joder la marrana. Visto en su versión micro, lo natural, lo normal y lo deseable es no caerle bien a todo el mundo. Si todavía no lo has descubierto, tienes que saberlo. Hay gente que daría lo que fuese por que desaparecieses del mundo. Y está bien que así sea. Tus enemigos te hacen como eres, y te refuerzan en tu misión.

Lo importante no es dejar de tener enemigos. Eso sería un esfuerzo estéril y poco enriquecedor. Lo importante es que llegues a tener una vida y una experiencia tales que haga que algún día, en su intimidad más inconfesable y desde su guarida solitaria, tus enemigos se arrepientan de serlo.

Eso es lo que consiguió precisamente Alejandro Espinosa en 2011. Alejandro era un tipo normal, con su vida normal, su trabajo normal y su vivienda normal rodeada de vecinos normales que hacían un ruido normal, molestando a Alejandro con una frecuencia e intensidad normales. Hasta que un día se hartó y decidió tomarse la justicia por su mano. Y de su mano nació JodeAlVecino.com, una página web que pretende precisamente eso, devolverle al vecino todo el amor que nos ha provocado, y busca hacerlo en forma de ruido, preferiblemente a emitir un domingo cualquiera a las ocho de la mañana, aunque también puede ser recomendable activarlo cualquier día entre semana alrededor de las tres de la madrugada.

El mecanismo es muy sencillo. Uno entra en la página, selecciona el ruido a producir (ronquidos fuertes, taladro, fiesta en casa, aspiradora, llanto de bebé, martillazos, despertador, ladridos, etc.), enchufa su ordenador a los altavoces más potentes de que disponga, sube el volumen «hasta dislocarse la muñeca», y bingo. Ya tenemos la respuesta ideal al civismo selectivo. En su versión bíblica, molestia por molestia, diente por diente.

OT 5. Lunes, 9 de octubre de 2006, 9.00 horas. Una entrevista

Al día siguiente, bajé al quiosco para comprar todos los periódicos. Nada. Ni una mención. Nadie ha visto mi intervención o, si lo habían hecho, no valía ni la tinta que gastarían en describirla.

En el trabajo tengo la suerte de que nadie la ha visto. O si lo han hecho, tengo la suerte de que nadie se atreve a comentarme nada. O si se atreven, tengo la suerte de que, simplemente, no tienen ganas ni de reírse de mí. Todo va bien hasta que llego a casa por la noche después de un día bastante duro, y me encuentro en la portería un paquete de mi madre.

Las madres, todas las madres —sin excepción—, tienen un lado luminoso y afable, todo cariño y comprensión hacia su prole, ese lado altruista y generoso, aquel que las convierte en madres de título vitalicio y honorífico, algo que no se puede explicar y por lo cual se las adora y se las adorará siempre. Pero luego también poseen un reverso tenebroso y oscuro, desconocido incluso para sus más allegados, un lado psicópata que sólo sale de vez en cuando y de forma absolutamente involuntaria para hundir a sus hijos en la más absoluta de las miserias sin posibilidad de resarcimiento ni redención alguna.

Mi amada madre no es una excepción, y aprovecha ese día para sacar su cara B. Me ha grabado el programa. Y me lo envía por correo urgente en DVD. Calidad digital, para que no perdiese detalle. Gracias, madre. En resumen, la que me trajo al mundo y su regalo van a hacer que me pase toda la semana mirando una y otra vez esos seis minutos de intervenciones, perdiendo toda autoestima y dignidad y prometiéndome a mí mismo que si me vuelven a llamar, a Dios pongo por testigo que jamás volveré a pasar por eso.

Es entonces cuando, para intentar distraerme, empiezo a hojear *La Vanguardia*, en su contra hay una entrevista a Michael Crichton en la que éste asegura que «puedes cuantificar el interés de una de tus afirmaciones porque es directamente proporcional al malestar que provoca. **Si dices algo, molestas a alguien y si nadie se queja, es que no has dicho absolutamente nada**».

Leo la entrevista una y otra vez. Es un hecho. Toco fondo.

2.7. El enemigo es tu mascota

Pero no se vayan todavía, aún hay más. El más difícil todavía. Cuando se trata de evitar que nuestro mejor amigo se convierta en nuestro peor enemigo, ahí también hay que utilizar la molestia.

En AFTERSHARE.TV, a mediados de 2008 nos llegó un encargo bestial.[153] Una página web de referencia a escala europea en el sector de las tiendas *online* de comida para mascotas, MedicAnimal.com, tras arrasar en Inglaterra, Holanda y Bélgica, quería desembarcar en España. Su presupuesto era muy limitado, pero es que encima pretendían salir por la tele, el medio más caro.

Su problema: querían registros, altas en su página web. Después ya se ocuparían ellos de transformarlos en ventas. Obviamente, esas altas tenían que ser gente afín, gente con mascotas y amantes de sus mascotas. La solución que nos proponían: haced algo para que ganemos notoriedad, para que la gente nos conozca. Eso era antes, les contestamos, ahora no nos serviría de mucho gastar vuestro presupuesto en una perdigonada en televisión para que un porcentaje muy bajo de los que vieran el *spot* se diesen de alta en vuestra página. Dejadnos que os propongamos otra forma de conseguir registros. Haced lo que queráis, contestaron, pero queremos ganar un mínimo de veinte mil registros en dos meses de campaña.

Se acercaba el verano, no un verano cualquiera, sino un verano de un año de crisis. Cada año, sólo en España, 150.000 mascotas son abandonadas por sus dueños. Fieles a la causa de MedicAnimal, «*Petcare with a conscience*», les propusimos ir contra un enemigo: el amo que piensa abandonar a su mascota. Potencialmente, cualquiera de nosotros.

Creamos una placa de color azul, cuyo significado funcionase como los lazos que nos ponemos los humanos en los días que queremos recordar alguna causa. Lo único, que esta placa tenía un significado especial: si yo se la colocaba a mi mascota, significaba

153. Después de este chiste ya me puedo retirar. Pero de verdad.

que yo NO la pensaba abandonar. De esta forma, transformamos una decisión íntima, vergonzosa y personal, como es la decisión de abandonar a tu mascota, en algo público y notorio, a la vista de todo el mundo. Si triunfábamos entre los *mascoteros*, cualquiera que no llevase la Placa Azul en su mascota sería visto como un sospechoso, como un potencial enemigo.

Paralelamente, pusimos en marcha una página web, PlacaAzul.org, a través de la cual uno podía pedir esa placa gratuitamente, bajo condición, claro está, de ceder nuestros datos de registro a MedicAnimal. Y por último, un medio. Gracias a haber creado una causa como Placa Azul, convencimos al grupo Antena 3 para que lo convirtiese en su causa social del verano. El resultado fueron horas de programación durante dos meses cedidas por las cadenas de televisión y radios del grupo Antena 3, una inversión en medios que jamás habríamos podido pagar, y lo más importante, más de doscientos ochenta mil registros en sólo sesenta días.

Un ejemplo de cómo yendo a la contra y buscando al enemigo que hay dentro de nosotros, se pueden hacer muchas cosas por el bien de la comunidad.

2.8. El enemigo eres tú mismo

No dejamos la escatología porque, a veces, y al igual que ocurre con las personas, los productos que más venden no son los que se atribuyen méritos, sino los que se los quitan. La base de todo sentido del humor consiste precisamente en eso, en reírse primero de uno mismo, para poder pasar a reírse de los demás.

Eso es lo que debió de pensar Jean-Marc Speziale, un viticultor de la región de Languedoc, cuando en 2008 decidió ponerle a su último vino un nombre que ya hemos visto pero que seguro que aún no has probado, Vin De Merde (vino de mierda, así, sin concesiones), y lo hizo bajo una sencilla premisa: ya que Languedoc no tiene fama de dar extraordinarios vinos, al ponerle ese nombre a su mejor vino, la gente pensaría en lo buenos que serían los demás. No sabemos si ese mecanismo funcionó exactamente así. Lo que sí sabemos es que en pocos días agotó prácticamente toda su producción.[154]

Toda una lección para los que se dedican al difícil campo del *branding* y el *naming* buscando nombres bonitos y eufónicos.

OT 5. Viernes, 13 de octubre de 2006, 14.00 horas

La productora vuelve a llamar. Parece que contarán conmigo para el domingo siguiente, para la segunda gala. Estoy convencido de que les falló el suplente. Pero da igual. Parece que tendré una oportunidad para resarcirme. Me comprometo a asistir a esa segunda gala, pero antes tengo que hacer algo.

Con la entrevista de Michael Crichton aún en mi bolsillo, y su Teorema retumbando en mi cabeza como si fuera el único tema de Michel Tello («Si dices algo, molestas a alguien y si nadie se queja, eso es que no has dicho absolutamente nada»), me dirijo a la biblioteca de mi pueblo, dispuesto a arrasar con todos los libros que ha-

154. http://bit.ly/ucppTx

blen de *branding* y marca personal, dispuesto a hacer lo que tendría que haber hecho mucho antes de la primera gala: diseñar una estrategia. Encontrar mi posicionamiento. Construir mi molestia.

Empiezo por analizar la veintena de jurados que ha tenido «OT» hasta la fecha, y para aclarar mis ideas, los distribuyo en un mapa de posicionamiento (algo así como un mapa de percepciones) cuyos ejes reflejarán si la gente consideraba que habían sido «buenos» o «malos» con los concursantes (abscisas), y si eran percibidos o no como expertos en música (ordenadas). Del resultado de dicho análisis se desprende el siguiente cuadro:

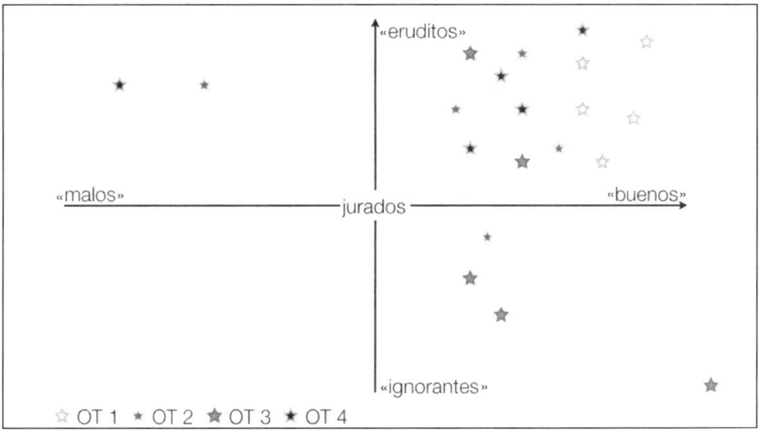

Posicionamiento de los jueces de «OT».

Gracias al análisis del cuadro, fruto del estudio pormenorizado de los perfiles de los anteriores jueces, llego a las primeras conclusiones:

- La inmensa mayoría de jurados se habían posicionado como «buenos» y «eruditos» en material musical.
- Los escasos jueces «ignorantes» en materia musical, todos sin excepción, mantuvieron las formas y la dulzura para con los concursantes.
- Las dos únicas que han sido «perversas» o poco complacientes con los concursantes, Pilar Tabares y Noe Galera, han sido, curiosamente, las más célebres y notorias hasta la fecha, ambas percibidas

además como «expertas», la primera por su condición de directora de Contenidos Musicales de RTVE, y la segunda como directora de *castings* de Gestmusic. Para más inri, y un detalle muy importante, en ambos casos se trata de gente profesionalmente vinculada a la productora y/o cadena que emite el programa, con lo cual, además, fueron percibidas como «parte del sistema».

- El tercer cuadrante está vacío. Obviamente, existe un espacio para un juez «enemigo» de los chicos, que haga gala de su «ignorancia» acerca de la industria de la música, que justifique su presencia por algo relevante para los concursantes y que sustente su discurso desde «fuera» del sistema, y no como parte de él.
- Por último, sé que no debo ni puedo mentir. Las cámaras de cualquier *reality* actúan como un detector de mentiras. Si las intentas engañar, tarde o temprano te acaban pillando. Habrá que apalancarse en lo que soy, un publicitario. Tendré que mostrarme tal como soy, o al menos de forma fidedigna. Y tendré que trabajar a partir de la materia prima que mejor conozco: lo que todo el mundo alguna vez ha pensado y alguien por fin es capaz de expresar. O, como se conocen en la jerga publicitaria y del marketing, los *insights*.

2.9. El enemigo no es alguien, sino algo

A pesar de lo visto hasta ahora, un enemigo no tiene por qué ser siempre una persona o una empresa. El enemigo a batir puede ser también una actitud, un hecho, un organismo o incluso una característica de algún colectivo.

Como todo el mundo sabe, cuando un político dice algo y luego no lo cumple, jamás es por falta de honestidad o deslealtad, sino porque el pobre animal político suele carecer, entre otras muchas cosas, de memoria.

La Fundación Sunlight,[155] de Estados Unidos, en su afán por conseguir «un Gobierno más transparente y responsable», y especialmente en un año de elecciones como 2012, acaba de lanzar la página web y a la vez el servicio al ciudadano Politwoops. SunlightFoundation.com, un práctico destino adonde van a parar «todos aquellos tuits que tus políticos publicaron y luego borraron de inmediato». La página monitoriza diariamente unas 435 cuentas de Twitter de políticos y representantes gubernamentales para cazar esos pequeños grandes despistes en los que por un desliz se nos cuela algo que no deberíamos haber dicho.

Según recoge *El País*, «de momento cuenta con tres mil tuits recopilados durante los últimos seis meses que incluyen imágenes, enlaces y páginas particulares de los políticos. La finalidad de este proyecto es ver cómo los políticos y los equipos de campaña afinan y modifican sus mensajes como estrategia de comunicación».[156] Una ayudita para que luego de borrar el mensaje no se olviden de lo que dijeron. O lo que es lo mismo, un muro de las lamentaciones para políticos en activo.

La idea fue importada de Holanda. Cuando escribo estas líneas existen ya doce versiones en diferentes países del mundo, ninguna de ellas en España. Pero viendo la poca memoria de la

155. www.SunlightFoundation.com
156. http://bit.ly/LKIK81

que hacen gala nuestros dirigentes, seguro que no tardará en aparecer.

En definitiva, elegir un enemigo tan poderoso como la amnesia política parece una excelente estrategia para combatir los lavados mediáticos de imagen, tan en boga en los tiempos que corren.

Paso 3
Formatea tu molestia (cómo)

> Un país habrá llegado al máximo de su civismo cuando en él se puedan celebrar los partidos de fútbol sin árbitro.
>
> José Luis Coll

Ya sabemos en qué somos raros, qué rareza debemos utilizar y a quién queremos molestar con esa rareza. Bien. Hemos llegado **al tercer paso del Método Annoyomics©**. Hemos llegado al momento de **crear un formato** para esa molestia. Hay que darle forma, *cosificarla*, meterla dentro de un contenedor visible antes de presentársela al mundo.

Existen múltiples maneras de empaquetar una molestia. Y por lo tanto, existen múltiples formas de clasificarla. Para mí, uno de los mejores en este campo es Pep Torres,[157] brillante creativo, inventor y activista barcelonés con el que mantengo menos contacto del que me gustaría, pero al que admiro, del que aprendo y al que sigo desde hace años.

Como explicara en una entrevista al *Wall Street Journal*,[158] ade-

157. www.peptorres.es
158. http://on.wsj.com/yDaI2E

más de crear el Museo de Ideas e Inventos de Barcelona,[159] Torres ha hecho de todo para molestar de manera ingeniosa a la opinión pública y atraer así la atención de los medios. Desde crear una lavadora con sensor de huella digital para asegurarse de que el hombre y la mujer de un hogar ponen el mismo número de coladas, hasta poner en la calle una máquina expendedora de bebidas conectada a una bicicleta estática sobre la que había que pedalear para obtener la recompensa (elegido uno de los mejores inventos de 2009 por la revista *Time*).[160] De alguna forma, Pep y su estudio Stereonoise representan la verdadera Agencia de Molestia. El objetivo de sus acciones es «o explicar nuestro entorno, o mejorarlo».

En su libro *El arte del Ruido*,[161] Torres clasifica el tipo de noticias según el modelo del que parten —más que modelos, yo creo que son excusas que podemos utilizar para atraer la atención de cualquier informativo— para llegar a la conclusión de que se pueden clasificar en cinco categorías:

1. «Un estudio demuestra que...»: se trata de demostrar una teoría increíble, como hacen los Ig Nobel cada año, o bien ahondar en algún tópico cotidiano.
2. «Inventan algo nuevo...»: como veremos a continuación, son nuevos productos o servicios creados con la mera intención de llamar la atención sobre nuestra causa.
3. «Ponen en marcha un concurso...»: para salir en los medios creando un concurso, o bien el premio es muy suculento, o la participación tiene que ser realmente divertida.
4. «Hoy se inaugura el evento...»: es una estrategia para crear ruido a medio plazo; «si consigues instituir esta cita anual, los medios de comunicación marcarán esa fecha en el calendario y "ése" será tu gran día para transmitir tu mensaje».

159. http://www.mibamuseum.com
160. http://ti.me/THuohf
161. Pep Torres, *El arte del Ruido*, Plataforma Editorial, 2011.

5. «Hoy se celebra el aniversario de la efeméride...»: múltiplos de quinientos años, de cien, de cincuenta, etc., sobre hechos cuyo contenido nos interese apropiarnos para dar fama a nuestro mensaje.

Obviamente, además está el tema de la historia, qué vamos a contar bajo cada formato; lo que otros autores llaman el *storytelling*. El contenido de esas historias deberá despertar el interés del mayor número de personas a la vez que apelar a algo en lo que estemos TODOS interesados. Volviendo a Torres, existen, según él, cinco áreas temáticas que siempre han funcionado y siempre funcionarán, pues la naturaleza del ser humano no cambia, simplemente aparecen nuevas tecnologías para expresarla. Las cinco áreas temáticas que funcionan desde que el hombre es hombre son lo que Torres denomina «discursos»:

1. Hombres versus Mujeres, la clásica guerra de sexos que siempre dará que hablar: infidelidades, unos son mejores que otros...
2. La absoluta exageración: por el tamaño o por los números.
3. Tópicos referentes al ámbito laboral: suelen estar basados en estudios comparativos (entre países, industrias, etc.).
4. Las manías, fobias y obsesiones universales.
5. Una noticia obnubilante: dejar al lector alucinado con la noticia que le estás contando.

Sin embargo, lo más interesante del libro de Torres para mí viene cuando establece los requisitos de cualquier historia que vayamos a contar a los medios. Básicamente son cinco:

1. Debe ser verdadera.
2. Debe ser universal, todo el mundo se debe poder sentir identificado.
3. Tiene que poder suscitar conversaciones de bar, **debe polarizar: «Las noticias que dividen a la población entre partida-**

rios y detractores son las que mejor funcionan a la hora de generar Ruido Mediático»,[162] y por eso, aunque Pep se empeñe en llamarlo Ruido, con su permiso lo seguiré llamando Molestia.

4. En la medida de lo posible, utilizará el humor: «Cuando una idea provoca carcajadas, vas por buen camino».[163]
5. Debe estar ligada de algún modo a la actualidad.

Como ves, Torres es un hombre que tiene las cosas muy claras en cuanto a la molestia, su valor y su eficacia. Y así lo ha demostrado en sus más de veinte años de éxito en ese campo.

Los consejos de Torres son una excelente guía —de hecho, la mejor que a día de hoy me he encontrado— para empezar a generar ideas sobre una posible molestia.

Veamos ahora algunas de las formas bajo las que podemos concretar esas ideas, bajo qué categorías se puede construir una buena molestia.

OT 5. Sábado, 14 de octubre de 2006, 19.00 horas

Cojo el teléfono y me dedico a llamar a mis amigos, uno tras otro. No tardo mucho, porque amigos, lo que se dice amigos, tengo muy pocos. El resto son conocidos a los que se les coge más o menos cariño. La intención no es otra que la de avisarles: «Mirad este domingo "Operación Triunfo", veréis cómo me echan del programa en directo». Acostumbrados como están a mis tonterías, los que me cogen el teléfono me siguen el rollo por ese cariño incondicional que los convierte en amigos, pero no mucho más. Para variar.

162. Ibídem.
163. Ibídem.

3.1. La molestia es un producto

> Un general sabio se ocupa de abastecerse del enemigo.
>
> Sun Tzu

Empecemos por la molestia más evidente. Un producto diseñado, fabricado, distribuido y comercializado con la única intención de ser vendido para molestar, bien al que lo compra, bien al que lo usa, bien a alguien cercano al que lo compra, bien al que ni lo usa ni lo compra.

El formato de producto molesto conviene cuando queremos sorprender en el punto de venta, cuando nuestra intención es sacar a alguien de una rutina, hacerle pensar sobre alternativas que no había considerado, o simplemente cuando se trata de aprovecharse de algo que un competidor hace mejor que nosotros.

El gran hándicap que posee el producto como molestia es que no suele tratarse de nuestra principal razón de ser, lo cual lo complica todo, desde la producción hasta la distribución de dicho bien de consumo, además de que no nos exime de realizar una gran campaña de lanzamiento para que la gente se entere de que esa molestia existe.

En 2006, los principales problemas de la gente joven no eran muy diferentes a los de ahora: en primer lugar figuraba encontrar trabajo, y justo después, encontrar un piso en el que pudiesen independizarse, y sobre todo, que pudiesen pagar. Aprovechando que en el argot más castizo 'casa' se dice *keli*, que según la ministra María Antonia Trujillo el 90 por ciento de los jóvenes que accedía a viviendas nuevas lo hacía a través del Plan de Vivienda 2005-2008 y que el Ministerio de Vivienda español no tendría otra cosa mejor que hacer, ese año se lanzaron las KeliFinder,[164] las primeras zapatillas deportivas creadas especialmente para hacer más llevadera la molestia de patearse las calles en busca de tu casa ideal.

164. http://bit.ly/RB8eog

Como rezaba su publicidad *online*, haciendo uso de un juego de palabras sin precedentes: «¿Buscas casa? KeliFinder te encamina».[165] Sólo cuando el joven hacía clic en el anuncio, veía que no se trataba de un producto real, sino de la campaña de un buscador de vivienda para jóvenes.

Pero no fue ése el único «producto» para jóvenes lanzado al mercado por el Gobierno de Zapatero. Un año antes, el Consejo de la Juventud de España, consciente de que «la fatiga y la pereza» eran las causas principales para la abstención en cualesquiera legislativas y previendo una especial debacle tratándose de un referéndum para la Constitución Europea, lanzó una bebida energética, Referéndum Plus, de la que repartió 250.000 latas para ir claramente contra esa apatía y esa desidia, animando a comprobar que «Referéndum Plus está mejor que el calimocho».[166] Los resultados fueron increíblemente positivos, hubo un incremento de la participación de los jóvenes del 58 por ciento con respecto a las últimas elecciones europeas y la repercusión mediática mundial cuadriplicó la inversión inicial.[167]

Un caso que me hace especial gracia es el del libro de Adam Mansbach, *Go the F**k to Sleep* —que España se ha traducido como *Duérmete ya, ¡joder!*—, fenómeno editorial de 2011 en Estados Unidos que ya va por la vigésima edición, con más de 300.000 copias vendidas. Un libro tan honesto como su título contra todo lo maravillosa que siempre nos dicen que es la experiencia de ser padre. Por lo visto, todo empezó con una broma, en la que Mansbach ironizó con la posibilidad de escribir un libro sobre la cantidad de horas que pasaba tratando de conseguir que su hija se durmiese. Cuando se le pregunta sobre el éxito del producto, Mansbach lo tiene claro: «La gente miente, miente porque hay una cultura de la deshonestidad y de la perfección acerca de ser padres. Parte del éxi-

165. http://bit.ly/UFoqZy
166. http://bit.ly/TBMZqY
167. Según http://bit.ly/VByjdh

La ministra de Vivienda, María Antonia Trujillo, en la presentación del portal Kelifinder.com.

to de este libro es porque ha ejercido de elemento catártico para muchos padres a la hora de admitir que no todo son buenos momentos».[168]

En la misma línea, Amy Chua publicó el mismo año *Battle Hymn*

168. http://bit.ly/RBld2e

for the Tiger Mother, un libro que suscitó gran polémica, que se agotó en todas las librerías del país, y que incluso llevó a Chua a la portada del número de enero de 2011 de la revista *Time*. Su estrategia: criticar la conciencia de las familias estadounidenses, que llevan décadas creyendo que hay que educar a sus hijos en la autoestima por encima de los logros. Como Chua explica en su libro: «No es fácil hacer que tus hijos trabajen cuando no quieren hacerlo, dedicarles tus horas mientras se escapa tu propia juventud, convencerles de que pueden hacer algo cuando ellos (y probablemente tú) saben que no podrán. "¿Sabéis cuántos años me habéis costado de mi vida?", les pregunto continuamente a mis hijas».[169]

Tras su publicación, «la han llamado loca, monstruo e incluso ha recibido amenazas de muerte. En algunos programas de radio, los oyentes reclamaban que intervinieran las autoridades y que le quitaran la custodia de sus hijas. El tema de su libro se ha hecho recurrente en cenas, corrillos de café en oficinas y medios de comunicación de todo Estados Unidos y ha llegado, en mayor o menor medida, a buena parte de los países de Occidente».[170] Todo un éxito al alcance de pocas molestias.

Otro de los casos recientes, aunque quizá no tan polémico porque se incluye en el conjunto habitual de prácticas entre empresas, es el de Marcilla. En mayo de 2011, la marca del gigante Sara Lee decidió dar un giro a sus estrategias de comercialización de cápsulas monodosis para máquinas de café. Aparte de su línea de máquinas propias Senseo, de las que ha llegado a vender tres millones en España, ese mes de mayo decidió hacer algo que molestaría mucho a muchos y de golpe. Decidió lanzar, además, cápsulas de café compatibles con las máquinas Nespresso, mucho más baratas y encima accesibles, no en exclusivas tiendas o en internet, sino en los supermercados de toda la vida.

Los periódicos, normalmente reacios a convertir un lanzamien-

169. Amy Chua, *Battle Hymn for the Tiger Mother*, Penguin Press, 2011.
170. http://bit.ly/MvWV6m

to comercial en contenido editorial, no tuvieron más remedio que reflejar la tremenda molestia que eso significaba. *El País* titulaba: «Marcilla declara la guerra del café a Nespresso»;[171] Europa Press era mucho más contundente: «Marcilla pone a la venta seis millones de cápsulas compatibles con Nespresso en grandes superficies»,[172] y Mauro Schnaidman, presidente del sur de Europa de Sara Lee, dijo que no violaron ninguna patente, sino que simplemente crearon un producto que puede ser usado «en una plataforma de una marca concreta».[173] Nestlé no quiso hacer comentarios sobre este caso concreto, pero sus abogados sí, como demuestran sendas demandas interpuestas contra Marcilla en Francia y en Holanda.

Lo que está claro es que el caso de Marcilla no es ni será el único que aparezca.[174] Según Vincent Termote, director general de Nespresso para España y Portugal, «en estos momentos ya competimos diariamente contra más de cuarenta sistemas de café en monodosis a escala mundial y quince operan aquí en España».[175]

Y es que a veces no hay que irse muy lejos para crear una molestia, basta con saber en qué está triunfando tu vecino, y ofrecerlo en más sitios y más barato.

171. http://bit.ly/11DjbAx
172. http://bit.ly/Vm4s6n
173. http://bit.ly/11DjbAx
174. Mercadona ha hecho lo propio en noviembre de 2012.
175. Ibídem a la nota 173.

3.2. La molestia es un servicio

> La ciencia humana consiste más en destruir errores que en descubrir verdades.
>
> SÓCRATES

Hay veces que la molestia no está en el qué, sino en el cómo. Cuando el servicio por el que uno paga es eminentemente perjudicial para uno mismo, y aun así y a sabiendas, lo paga a gusto, la mente que hay detrás de dicho servicio es una mente perversamente molesta. La molestia en forma de servicio es efectiva cuando somos los únicos que ofrecemos ese tipo de molestias, suele ser infinitamente más barata de producir y de distribuir que un producto y no requiere de demasiada publicidad, pues unas relaciones públicas bien gestionadas pueden darnos la cobertura que necesitamos.

En un momento en el que todo el mundo cuenta las calorías que ingiere y que existe casi una religión mundial alrededor de la comida sana y las dietas de todo tipo, es casi hasta de agradecer que Jon Basso creara en 2005 Heart Attack Grill,[176] una cadena de restaurantes, como él los denomina, de «pornografía nutricional».[177]

La idea es bien sencilla, basta con ir contra toda esa cultura obsesiva de la nutrición y de la correcta ingestión de los alimentos, para diferenciarse de una vez y crear una molestia bien definida fomentando algo tan nocivo y pernicioso para tu salud como las hamburguesas cuádruples con más de ocho mil calorías, las patatas fritas en manteca de cerdo en lugar de aceite, o sus hipercalóricos batidos de crema. Todo servido amablemente por camareras que visten como enfermeras de un hospital en el que te aseguran que vas a acabar, mientras no toman el pedido, sino que

176. http://www.heartattackgrill.com
177. http://bit.ly/Urk3Re

escriben las recetas. Definitivamente, un deporte de riesgo nutricional por el que, como dice su eslogan, «vale la pena morir».

De momento Basso ya posee un restaurante en Dallas, otro en Texas, otro en Chandler y hasta ha abierto sucursal en Las Vegas, locales que por supuesto se han convertido en centros de peregrinaje de todas las marchas y manifestaciones de los defensores de la comida sana. Y su expansión continúa: ya está buscando locales en Nueva Orleans, Hollywood, Honolulu y Río de Janeiro.

De nuevo, una anticampaña que funciona con los principios básicos de la molestia. «Sin invertir un dólar en publicidad, ha atraído la atención internacional.»[178] Pero lo mejor viene cuando le piden al señor Basso que les dé un consejo a los jóvenes que se estén planteando montar una empresa: «**Les diría que tienen que crear controversia**. [...] Lo que tenemos, en términos de marketing, es una vaca púrpura. Hemos diseñado algo de lo que la gente habla de manera natural. No hemos gastado ni un penique, y jamás lo haremos, en publicidad. Tenemos una página web, eso es todo».[179]

Bravo por el señor Basso, por su molestia bien perpetrada y por su cuenta corriente... y la de su endocrino.

OT 5. Domingo, 15 de octubre de 2006, 22.00 horas

A la hora prevista, se repite la liturgia. Reunión del jurado, disensión tensa pero educada, y sobre las diez de la noche, empieza la gala 1 (la anterior se considera gala 0) de la quinta temporada de «OT». Los chicos cantan, el presentador da paso a publicidad unas cuantas veces, y por fin, sobre las doce y media de la madrugada, el momento más esperado por cualquier seguidor del formato. El veredicto del jurado.

Sé que dispondré sólo de dos intervenciones de tres minutos cada

178. http://bit.ly/11Sx4Kg
179. Ibídem.

una. Hay que ser conciso, preciso y letal. Hay que aprovechar muy bien el tiempo. Pero sobre todas las cosas, hay que posicionarse en la mente del consumidor en el cuadrante correcto. Lo repaso todo en mi desproporcionada cabeza.

Mi rareza: entre mis múltiples rarezas y defectos, he decidido elegir uno, soy publicista. Y por lo tanto, no sé de música. Bueno, de hecho llevo tocando el piano desde los catorce años, cursé varios años de solfeo y piano en el Aula de Música de Barcelona, fui director creativo del portal de la promotora musical Doctormusic y hasta participé en la producción de un disco de Luz Casal. En ese trayecto, además, descubrí que aunque no tenía ningún talento para cantar, sí tuve el suficiente como para abandonar el grupo que monté, con lo que mi primera nominación fui yo mismo. Y créeme, obré santamente. Fue abandonar y disolver el grupo y, acto seguido, ver cómo todos los demás miembros empezaron a triunfar. Ésa fue la primera vez que descubrí mi talento innato: detectar la falta de talento innato. Sin embargo, al lado de mis compañeros de jurado, mejor presentarse como analfabeto musical, y como la tele es monocroma y este país monocorde (si eres una cosa, salvo que seas Josef Ajram, no puedes ser dos), mejor no liarse. No sé de música y punto.

Mi enemigo: contrariamente a lo que muchos concursantes acabarán pensando, mis enemigos jamás serán los pobres aspirantes a Bisbal. Mi gran enemigo es la mentira. Esa mentira en la que, el año que llego, está embalsamado el formato. Hace tiempo que nadie conecta con la calle desde dentro del mismo formato. Hace tiempo que nadie introduce un poco de realismo, algo de lo que la gente de la calle opina. Hace tiempo que no siento nada al hacerlo contigo. Menudo temazo.

Mi molestia: en vivo, en directo, con suma honestidad, seriedad y toda la solemnidad que pueda, dándole al concurso la importancia que se merece, y haciéndolo siempre a la cara del interesado. Jamás diré algo por detrás, ni sin el interesado delante, siempre defenderé la importancia de la valentía de decir las cosas a la cara y por otra parte siempre trataré de evitar las referencias a la vida personal, actitudes cobardes, ambas más propias de programas de chismorreos. Ésta será la norma básica que olvidaré más adelante, el día que me

propongan presentar mi propio programa, «El G-20». Pero ésa, como diría Tolkien, es otra historia.

Y por último, mi formato: discursos breves pero contundentes, titulares publicitarios, lo más memorables posible, de contenido más o menos provocador, pero sobre todo, que jamás se me pueda achacar que no estoy diciendo la verdad. Trabajaré con lo que en publicidad denominan *insights*, verdades universales en las que todo el mundo se reconoce y ante las que el consumidor se siente desarmado y descubierto. Que a la crudeza de mis palabras jamás les abandone la realidad, la honestidad y la verdad de su contenido. Incluso mis detractores tienen que admitir que tengo algo de razón en lo que digo, aunque no vayan a compartir jamás la forma de decirlo.

Si lo hago bien, conseguiré molestar a los fans de «OT», y si lo hago muy bien, conseguiré atraer además a la gente a la que ni siquiera le gusta «OT». Unos lo mirarán por rabia hacia mi persona, los otros simplemente por el morbo de ver las caras de los allí presentes ante las perlas que se me ocurran. Pero en definitiva, todos estarán consumiendo el formato a la hora a la que salga yo. Eso si lo hago bien.

Si lo hago mal, me echarán a la calle de una patada voladora, y sin darme una explicación seré recordado como el notas ese que un día puso a caldo a un triunfito y acabó expulsado por pasarse de la raya. Bueno, algo me dice que esto pasará lo haga como lo haga. Además, con lo mal que ya lo había hecho la semana anterior... hay poco que perder.

La primera valoración irá dirigida a José Galisteo, churrero de Mataró que en sólo un par de galas ya había seducido tanto a las mujeres como al sector gay. Siempre me he preguntado por qué los gays forman un sector y las mujeres no.

A por José. O Jose, como le gustaba que le llamaran. Una ocasión perfecta para trabajar sobre el eje de abscisas. Molestar al núcleo duro de fans del formato, hacerles remover en sus asientos, así como ganar notoriedad e impacto sobre el *target* molestado. Hago una pequeña pausa, apoyo mi codo sobre la mesa y disparo:

—Jose, si por mí fuese, estarías fuera.

En este momento, puedo ver al cámara que me enfoca haciendo algo que jamás he vuelto a ver: inclinar su cabeza por el lateral de la cámara para mirarme con sus propios ojos. La gente empieza a silbar y a gritar «¡Fuera! ¡Fuera!». El sonido del éxito. Yo sonrío y permanezco en silencio, dejando que se explayen.

El presentador calma a las multitudes, y me dice:

—Risto, tú tampoco me lo pones nada fácil, ¿eh?

Y yo a lo mío:

—Me voy a explicar, me voy a explicar, tienes cada semana un *spot*, tienes un anuncio de tres minutos para demostrarnos que esto no es Operación Cachas, esto es Operación Triunfo.

Murmullos, algún silbido, y más de uno con los ojos en blanco preguntándose si había dicho lo que había dicho. Primer objetivo, conseguido: de momento, soy el juez que habla de *spots* y de anuncios, no el que habla de notas ni de afinación ni de escalas.

La gala avanza, y llega el momento de mi segunda intervención. En este caso, me toca hablar con José Antonio Vadillo, peluquero extremeño que poco o nada se vio venir lo que le caería encima:

—A mí me da igual cómo has cantado, lo que me interesa es si detrás hay un producto que se puede vender. Veo una voz y una persona pero, sinceramente, no veo un producto.

Segundo objetivo, también conseguido: molestar, sí, pero posicionándome como juez «ignorante» de música (eje de ordenadas) que aporta un valor diferente al jurado, el valor del marketing, de las ventas, del entorno empresarial y comercial al que tarde o temprano se tendrán que enfrentar, el único desde el que me siento auténtico, seguro y algo legitimado para hablar.

La gala toca a su fin, y ocurre algo que definitivamente nadie esperaba: en vez de echarme a patadas, Mainat, el productor ejecutivo, me felicita por mis intervenciones y me dice que la semana siguiente hablaremos en privado antes del programa. Yo me voy a casa feliz como una perdiz, sí, pero ignorando una cosa importante. Este antisistema se ha empezado a convertir en parte del sistema.

3.3. La molestia es una campaña

> Enamorarse es exagerar enormemente la diferencia entre una mujer y otra.
>
> GEORGE BERNARD SHAW

Como ya hemos visto en apartados anteriores, campañas publicitarias o propagandísticas que hayan suscitado molestias o levantado ampollas, hay muchas y las hay de todo tipo, sector, época y condición. Lo más curioso es que todas, absolutamente todas, se podrían dividir en dos grupos: las que fueron creadas simplemente con la intención de ser ingeniosas, y al final ese ingenio acabó accidentalmente molestando a algún grupo o colectivo de una determinada sociedad; y las campañas concebidas desde el principio para agredir algún aspecto de nuestra sistema de valores, para acto seguido hacernos reflexionar sobre nuestra reacción.

En este apartado nos fijaremos sólo en una campaña que pertenece a este segundo grupo, pues aparte de no ser producto de la casualidad, las circunscritas en esta categoría son mucho más interesantes de analizar y de explicar, al llevar consigo, desde el principio de su gestación, los mimbres y el ADN de la buena molestia. Se trata de campañas diseñadas, perpetradas y lanzadas únicamente con la intención de incordiar al prójimo, que al fin y al cabo es de lo que se trata. Son campañas que ya llevan el mensaje de molestia incorporado, con lo cual suelen ser muy fáciles de extender y publicitar. Por contra, son mucho más fungibles y perecederas que los formatos vistos hasta ahora, con lo que el coste por impacto se suele disparar.

«The Big Donor Show» («De Grote Donorshow»[180] en la versión original) fue un polémico programa de televisión emitido en 2007

180. http://bit.ly/peslCG

en el canal holandés BNN que consiguió mucho más de lo que habrían conseguido cien campañas publicitarias convencionales de concienciación social. La causa contra la que luchaba: el imparable descenso de donantes de riñón en Holanda, donación que habría podido conseguir alargar la vida del mismísimo fundador de BNN, Bart de Graaff, fallecido en 2002 por hallarse precisamente en lista de espera.

Los políticos ni siquiera tenían este problema en sus agendas, y la productora holandesa Endemol decidió entonces que era el momento de hacer algo. La gente de Endemol, con Paul Römer a la cabeza, empezó a promocionar un *reality show* que se emitiría en breve en el que buscaban a gente que tuviera los riñones sanos y listos para donar. En la *promo* se explicaba que el día de emisión del programa, el primero de junio de 2007, un donante elegido entre todos los que acudiesen al *casting* tendría el honor de poder decidir en directo y en un plató a cuál de los tres pacientes donaría su riñón. Eso, claro está, previa explicación de la vida y milagros de cada concursante, esgrimiendo argumentos de por qué debía ser el receptor del ansiado órgano.

Como era de esperar, el escándalo se propagó inmediatamente por todo el país. Medios de comunicación, tertulias informales y no tan informales, se rasgaron las vestiduras y empezaron a preguntarse si el *reality show* como formato no había llegado demasiado lejos, jugando ahora con la vida —o la muerte— de pobres e inocentes pacientes. El tema fue a mayores; tanto es así que hasta se llegó a discutir en el Parlamento si debía o no censurarse la emisión del programa y multar a la productora y a la cadena por suscitar semejante controversia.

Mientras tanto, la directora de la cadena, Laurens Drillich, defendió el programa y argumentó que **BNN quería que sus espectadores se sintieran «en *shock*» para atraer la atención sobre el problema de la donación de órganos**.

Llegó el día de la emisión. El presentador introdujo primero toda la polémica que había suscitado el anuncio del programa,

para pasar a presentar el *show*..., que era todo un simulacro.[181] La supuesta donante no era más que una actriz, al igual que los presuntos receptores. Todo, como se explicó en el *show*, para darnos cuenta de la dramática situación que estaban viviendo las donaciones de órganos en Holanda, situación que, esta vez sí, la vivía gente real, no actores.

Como también era de esperar, la emisión fue un éxito sin precedentes. El programa reunió a más de 1,2 millones de espectadores, constituyó un éxito rotundo de audiencia y todo un hito en la cadena.[182] Pero lo más importante es que sólo durante la emisión del programa, más de doce mil personas se hicieron donantes y otras seis personas se ofrecieron a donar en vida. Y eso a un coste de haber perdido, en total, cien suscriptores al canal de pago BNN, que debieron de considerar el *show* un medio impropio para tal fin.

Que piensen lo que quieran, para mí, posiblemente, sea una de las acciones más inteligentes que se hayan hecho jamás para obtener excelentes resultados de una buena molestia.

181. http://bbc.in/NotL6
182. http://mun.do/R7hSrI

3.4. La molestia es una teoría

> Los grandes enemigos de la felicidad humana son dos: el dolor y el aburrimiento.
>
> ARTHUR SCHOPENHAUER

Contrariamente a lo que propugna la sabiduría popular, la molestia es muchísimo más rentable de lo que se nos vende. Por cada libro de autoayuda, por cada teoría buenista, por cada frase de filosofía barata retuiteada por una supermodelo, existen cientos de estudios, libros y experimentos llevados a cabo a lo largo de muchos años por filósofos, investigadores o por las principales universidades del planeta que demuestran, contra toda intuición, que el ser humano es algo más que un manojo de buenas intenciones, y que hay que dejar de castigar los aspectos más molestos de nuestro carácter, y hay que hacerlo por el bien de la humanidad. Es la gente que se plantea si realmente es bueno ser bueno. Es la gente que nos abre los ojos a nuevas posibilidades de vida, en las que la molestia sea buena no sólo para mí, sino también para los demás.

Crear una teoría no suele ser muy atractivo para los medios, que le dan escasa o nula cobertura, salvo en el caso de que lleven explícito un caso práctico o que nos remitan a algo o a alguien de éxito y ese alguien haga gala de esa forma de ver la realidad (véase apartado siguiente). Es por tanto un formato difícil de mover si se queda en el terreno de la teoría.

Es el caso de Joe Forgas, psicólogo australiano e investigador de la Universidad de Nueva Gales del Sur que demostró que **una persona gruñona es mucho mejor a la hora de tomar decisiones que otra persona feliz y agradable**. A partir de un estudio en el que los voluntarios eran invitados a visionar diferentes tipos de películas, y acto seguido tomar una serie de decisiones, se llegó a la conclusión de que los gruñones e irritables, según Forgas, pueden lidiar con situaciones más exigentes que un individuo feliz, gracias a la forma en la que nuestro cerebro gestiona la información. **«El mal humor**

activa una forma de pensar más atenta y cuidadosa, haciendo que el individuo preste más atención al mundo exterior.»[183]

En la misma línea, Robert Livingston, profesor de Gestión y Organización de la Kellogg School, codirigió junto a Nir Halevy, profesor de Comportamiento organizacional en Stanford, un estudio en el que se confirma lo que ya nos temíamos: que **los jefes simpáticos NO son buenos líderes**. «Virtudes como la generosidad o la simpatía pueden ser interpretadas como signos de debilidad entre los que más mandan en la empresa. Serán considerados estupendas personas, pero pocos los escogerían como los directivos perfectos por demasiado blandos.» Para Livingston, «ser demasiado generoso a menudo tiene un coste personal para una posición de fuerza o poder», pues «no hay que confundir la simpatía y la humanidad con la debilidad. Las personas prefieren estas cualidades, pero las rechazan cuando tienen que escoger a sus guías. **En tiempos de competencia hace falta fuerza, no sensibilidad**».[184]

Diversos estudios respaldan y confirman los hallazgos de Forgas y Livingston, hasta el punto de que hoy día ya están aceptados seis efectos psicológicos muy beneficiosos de cabrearse con el prójimo:[185]

1. Cabrearse es una fuerza motivadora.
2. Los individuos cabreados son más optimistas.
3. El cabreo puede beneficiar las relaciones con el entorno.
4. El cabreado es más autocrítico.
5. El cabreo reduce la violencia, pues nos libera de la tensión contra la injusticia, y lo hace como estadio previo a la violencia.
6. Cabrearse es empezar a negociar.

183. http://bbc.in/3m9OhG
184. http://bit.ly/VC7Axf
185. http://bit.ly/yraiMz

Para acabarlo de arreglar, en la Universidad de Memphis, Andrew Hussey **investigó los sueldos de los profesionales con un elevado carácter ético y descubrió que ganaban en promedio un 3,4 por ciento menos que los profesionales que no informaban manejar tan elevados estándares**.[186] O sea, que ser bueno no sirve ni para ganar más dinero.

Entonces, ¿de dónde sale ese interés estúpido por la autoayuda? ¿Por qué necesitamos que algún gurú nos diga que seamos nosotros mismos, que podemos cambiar lo que no nos guste, que hoy es el primer día del resto de nuestra vida y que todo va a salir bien?

Michela Marzano, investigadora del Centre National de la Recherche Scientifique francés, ha elaborado una interesante teoría al respecto. Según Marzano, la perversión de los libros de *management* y autoayuda llega hasta límites tan denunciables como la pornografía, pues utilizan el mismo lenguaje ideológico: «Ambos se basan en fomentar la ilusión de libertad individual para enmascarar la explotación colectiva». Su consejo para desatarse de ese esclavismo es bien claro: «**Fracase, hombre: no sé si será más feliz, pero seguro que vive más tranquilo**».[187]

Barbara Ehrenreich, pensadora de izquierdas estadounidense, ha dedicado los últimos años a escribir un libro, *Bright-sided*, e impartir conferencias cargando contra lo que ella considera el timo de la autoayuda o, más concretamente y como ella lo denomina, la trampa del pensamiento positivo. Dice la autora:

> La alternativa al pensamiento positivo no es la desesperación. De hecho, **el pensamiento negativo puede ser tan ilusionante como el positivo**. La gente deprimida proyecta su miseria al mundo, imaginando los peores resultados de toda iniciativa y alimentando su miseria con esas expectativas distorsionadas. En ambos casos, existe una incapacidad para separar la emoción

186. http://bit.ly/KDiAY9
187. http://bit.ly/9ykubK

de la percepción, una voluntad de aceptar ilusión por realidad, ya sea porque así «me siento bien» o, en el caso depresivo, porque refuerza la espiral descendiente que es la que resulta familiar.[188]

En sus ponencias, Ehrenreich siempre arranca explicando el día que le diagnosticaron cáncer de mama. De pronto, se vio rodeada de un pensamiento positivo que...

me irritaba, porque básicamente suponía que yo era responsable de mi enfermedad. Cuando empecé a investigar sobre el problema de los ejecutivos que perdían su empleo me di cuenta de que era lo mismo que con el cáncer: si te han despedido es porque no tienes un pensamiento positivo, les decían, y si no encuentras trabajo es porque no has visto lo que de positivo tiene esta oportunidad. **Y sobre esto se ha creado una gigantesca industria que básicamente consiste en decir que uno puede conseguirlo todo si sólo cambia su manera de pensar. Es simplemente cruel decirle a alguien que ha perdido su trabajo o a quien le han diagnosticado una enfermedad importante que debe *trabajar en su actitud*.**[189]

Según Ehrenreich, en ese pensamiento positivo está la esencia del pensamiento capitalista estadounidense de hoy y, seguramente, es el causante de la crisis en la que nos vemos inmersos.

OT 5. Lunes, 16 de octubre de 2006

A las 9.30 me encuentro en el mismo quiosco de siempre haciendo la cola de rigor —jubilados, jubilados y más jubilados— para comprar la prensa. (Y te preguntarás: ¿no había ya ediciones *online*? Y yo te pregunto: ¿estás contando tú la historia, o la estoy contando yo?) Mientras espero en la calle, veo acercarse a una señora de unos cin-

188. Barbara Ehrenreich, *Bright-Sided. How the relentless promotion of positive thinking has undermined America*, Metropolitan Books, 2009.

189. http://bit.ly/QSw47I

cuenta años y unos doscientos kilos de peso. Parece que vuelve cargada del mercado con la compra del día. De pronto me ve, me reconoce, le cambia la cara y sin mediar palabra, coge una lechuga que acaba de comprar, y me la tira a la cara con todas sus fuerzas.

Yo me la quedo mirando esperando alguna razón. Pero la señora sigue su camino sin dirigirme la palabra. El jubilado de delante me mira como si supiese algo que también sabe esa señora, algo que les hace odiarme con la máxima intensidad. El jubilado no me tira ninguna lechuga, pero sólo porque no la tiene a mano. A la vista de que sus vidas continúan, trato de disimular, como si nadie nos hubiese visto.

Ya con los periódicos en mi poder, abro el primero del montón por la sección de Televisión y leo: «Le toca hacer este papel a un tal Mejide, miembro del jurado y representante de las discográficas, que el domingo acusó a uno de los concursantes de tener talento pero no ser un producto, situando a la industria musical española justo donde está, o sea, en el top manta. **LA RAZÓN. Marcos Morales**».

Con el olor todavía fresco de la lechuga en la cara, se me vuelven a erizar los pelos del cogote. Pero esta vez, de alegría. Lo he conseguido. Mi primera mención específica en prensa. Me circunscriben en la industria equivocada, aseguran que lo mío es un «papel» que «me toca hacer» (algo que me perseguirá siempre) y encima me menciona *La Razón*, pero da igual, se trata de una mención al fin y al cabo. Y sobre todo, reproducen la esencia de mi discurso, coherente al ciento por ciento con mi posicionamiento.

Para el resto de la humanidad es un día de lo más irrelevante, pero para mí es un día importante, pues se trata de un estreno. El estreno de mi propia fama. Ha nacido una molestia.

3.5. La molestia es un personaje

Franco era mi Dios.

AUGUSTO PINOCHET

A veces, la mejor molestia es la que emana de un personaje público, alguien que encarna una serie de valores pensados y perpetrados para molestar a alguien, y sobre todo pensados y perpetrados para hacerlo cada vez que abre la boca.

La autenticidad de la que hablábamos en el primer paso del **Método Annoyomics©**, en este caso, es lo más difícil de conseguir, pues deberemos encontrar a alguien que personifique esa molestia sin imposturas, sin falsedades, que la viva las veinticuatro horas del día y que respire dicha molestia por los cuatro costados.

José Mário dos Santos Mourinho Félix, más conocido simplemente como Mourinho, aterrizó en el Real Madrid el 28 de mayo de 2010. Llegó en un momento en el que su gran y eterno rival, el Barça de Guardiola, lo estaba ganando todo (y cuando digo todo es todo), y la casa blanca necesitaba un revulsivo, tanto en el vestuario como fuera de él. En poco tiempo, la figura de Mou se perfiló como la ideal, no sólo por haber sido el técnico que recientemente había apeado a los catalanes de la Champions, sino por la figura mediática que resultó ser ante los micros.

Desde entonces, y a lo largo de cientos de ruedas de prensa, Mourinho ha forjado una personalidad que va mucho más allá del clásico entrenador al que estábamos acostumbrados, sobre todo por su dominio público de la comunicación molesta. Tanto es así, que llegó a conseguir que Pep Guardiola, todo educación, temple y respeto hacia cualquier rival, acabara llamándole «el puto amo».

Como publicó *El País*: «Nunca ha habido un técnico más consciente del poder de la palabra hablada para ejercer el liderazgo, la persuasión y la propaganda».[190] Tal como describo en el prólogo de *Código*

190. http://bit.ly/WIN64Q

Mourinho y reproduzco aquí, Mou ha protagonizado los momentos más escandalosos y polémicos de la historia reciente del club español más laureado de todos los tiempos. Sin embargo, fuera de histrionismos y exageraciones, existen unos valores que hacen de su personaje algo sólido, algo que suscribo y confirmo cada vez que trabajo en televisión o para cualquier marca, ya sea personal o industrial.[191]

José Mourinho en un partido como técnico del Real Madrid.

Primero, la legitimidad que le otorgan sus resultados. Haberlos conseguido en diferentes entornos, países y clubes, demuestra que no es fruto de la casualidad, algo a lo que sabe agarrarse cuando conviene, pues si no fuese por los títulos, sus numerosos enemigos ya se habrían encargado de él.

191. *El Código Mourinho*, de Juan Carlos Cubeiro y Leonor Gallardo, Alienta Editorial, 2012.

Segundo, haberlos conseguido sin vestir ni un solo día de corto, demostrando una vez más que para ser un buen fraile no es necesario haber sido monaguillo.

Tercero, su obsesión por mantener vivos a sus enemigos. Porque no abre la boca sin saber contra qué o quién cargará. Y en una sociedad buenista y con una doble moral manifiestamente escandalizable, ésa es la base para empezar a decir algo de interés. Recordemos el Teorema de Crichton: «Si cuando hablas nadie se molesta, eso es que no has dicho absolutamente nada».

Cuarto, su honestidad brutal. Otro clásico. Decir las cosas que todo el mundo piensa y nadie se atreve a decir. Algunos lo llaman transparencia. Otros, mala educación. La mejor manera de sembrar enemistades por la vía rápida.

Quinto, su soberbia y su aversión a la falsa modestia. Esa cruzada interior por mantener un sano desequilibrio entre seguridad en uno mismo y prepotencia, farol típico de los chulos que, además de tímidos, somos inseguros.

Sexto, su búsqueda incesante de expresarse a través de titulares cortos, memorables y contundentes que provoquen de todo menos indiferencia. Una acusación que a menudo eclipsa el contenido de lo que se dice, y que suele manifestarse en otra gran frase: «Es que las formas le pierden».

Séptimo, el uso y abuso de la ironía. La única vacuna conocida contra la estupidez y el aburrimiento. El día que falte, muchos la echaremos de menos.

Octavo, la necesaria distancia entre el personaje en público y la persona en el ámbito privado. Imagino que los que conozcan a Mou también estarán hartos de la eterna pregunta: «¿Pero realmente, él es así?». Me temo que la respuesta es siempre decepcionante.

Y noveno y último, su imprevisibilidad. Nadie es capaz de acertar por dónde saldrá esta vez, ingrediente fundamental de los contenidos televisivos —y no televisivos— de éxito. Cuántos periodistas deportivos todavía comen caliente gracias a sus declaraciones en rueda de prensa.

En definitiva, un personaje que ha hecho de la molestia su estrategia de comunicación, convirtiéndose así en una marca molesta que funciona y reporta beneficios de todo tipo, desde contratos deportivos de ocho cifras vinculados a acuerdos publicitarios millonarios como icono de moda,[192] hasta aplicaciones móviles que arrasan en descargas,[193] pasando por programas de televisión dedicados íntegramente a él y que consiguen extraordinarios datos de audiencia.[194]

Sin embargo, y pese a todo lo dicho, me he dejado lo más importante, algo de lo que nunca le estaré suficientemente agradecido. Gracias a él y a su carrera profesional en España, he podido comprobar lo mal que me sentaría el chándal.

OT 5. Domingo, 22 de octubre de 2006 y las catorce galas siguientes

Tras la reunión del jurado, Mainat me cita en una sala aparte de todo el equipo, él y yo solos, tal como me había pedido, para hablar. Yo que creía que iba a ser mi primera bronca en el concurso, y resulta ser todo un halago. Mainat quiere saber de primera mano y en primicia qué les voy a decir a los chavales.

Lo que no sé ver en ese momento es que, con el tiempo, lo que al principio comienza siendo un elogio hacia mi función dentro del programa, y un placer por reunirme con un mito y experto en el concurso y en televisión, se acabará convirtiendo en toda una losa para mí y en el detonante de mi salida de dicho concurso. Cuando vayan avanzando estas reuniones, las especulaciones sobre nuestras reuniones privadas irán en aumento, desde gente que creerá que es Mainat el que me dicta los veredictos, hasta, como me llegará a contar un importante directivo de televisión, gente que creará el bulo de que «Mainat y Cruz van diciendo que eres un producto suyo, que

192. http://bit.ly/UeloML
193. http://bit.ly/ltCEc4
194. http://bit.ly/VlQOjP

son ellos los que te han fabricado». Justo ellos que no me querían en «OT». Justo ellos que intentaron evitarme, disuadirme de mis intenciones y convencerme para ser amable con los triunfitos y con el programa. Justo ellos, que me acabaron expulsando del concurso.

No será hasta mi expulsión de «OT», y sobre todo mi intervención en otro programa, «Tú sí que vales», ya sin ninguno de los dos productores presentes, cuando se disiparán esos comentarios, pero durante meses tendré que sufrirlos y aguantarlos, con el consiguiente demérito hacia mi humilde aportación a los programas en los que participo.

El contenido de toda la edición se puede resumir en esta crítica publicada en diciembre de 2006 en las páginas de *El País*:

> «En muy pocos casos una aparición televisiva alcanza tanta notoriedad con elementos tan sencillos. Atrae lo que dice y, desde luego, cómo lo dice. Risto Mejide fustiga a los concursantes con un lenguaje mordaz que difícilmente causa indiferencia. Sus críticas no se limitan a los jóvenes aspirantes y apuntan también a los profesores de la academia, a los estilistas ("Visten a las chicas como putas y a los chicos como payasos") y a la propia dirección si hace al caso. Nadie se resiste a su juicio sumarísimo. **Cuando aparece en pantalla, la audiencia de Telecinco pasa de un razonable 25 por ciento a picos que superan el 44 por ciento. Y tener más de un 44 por ciento de la audiencia pendiente de tus palabras sólo es comparable con personajes que no hablan, sean Ronaldinho o los galácticos de Capello**».[195]

En resumen, a lo largo de las siguientes galas, con más o menos éxito, trato de desarrollar siete áreas de discurso, los siete pilares de la construcción de mi molestia, o lo que acaba siendo lo mismo, mis siete grandes enemigos:

1. Contra la idea de que esto es un concurso de música

Como aseguro desde el primer día, «OT» es un gran *show* televisivo. Pero lo de *show* musical le viene demasiado grande. Con el único

195. http://bit.ly/SFEWfu

objetivo de hacerme fuerte en mi posicionamiento, rechazar la idea de música como arte, y hablar de ella en términos de consumo, se convierte en mi primer objetivo. Aquí no se buscan artistas, eso es otra cosa muy difícil y muy seria, imposible de improvisar en tres meses de concurso. Aquí se buscan productos prefabricados. Si están ahí, es para convertirse en productos de gran consumo, dejando claro que un triunfito es la marca blanca del supermercado de la música:

—Ahí fuera el marketing te va a ayudar a potenciar muchas cosas que tienes, pero el marketing no va a hacer milagros, el milagro lo tienes que hacer tú.

—Provocas en el público el mismo efecto que un anuncio: mientras tú cantabas, la gente o se ha ido a mear o ha cambiado de canal.

2. Contra el grado de amnesia que fomenta el concurso

Además, hay que establecer un enemigo común que justifique tanta acritud, si hago lo que hago, es por el bien de los concursantes, para que no caigan en el olvido, la peste de cualquier campaña publicitaria:

—¿Sabes cuántos concursantes han pasado por la academia de «OT», en general, desde la primera edición? Yo te lo digo: ochenta y uno. ¿Cuántos crees que la gente recuerda?

—... tu futuro ahí fuera puede ser, perfectamente, firmar un contrato por tres discos del que sólo grabes el primero, hacer una gira con otros dos triunfitos porque solo no llenarías ni un geriátrico y en tercer lugar, acabar muriendo de viejo a los treinta años, versionando a la Década Prodigiosa.

3. Contra la amnesia que sufrirán los fans de los concursantes

En cuanto se acaben los focos del concurso, nadie se acordará de los chicos. Con lo cual, cada concursante deberá ser conocido lo antes posible por un mote, un apodo, o por algún motivo por el que debamos acordarnos de él, hay que *marcar* (de marca) a los concursantes en seguida:

—... eres de alguna forma como un **consolador**, me explico, eres perfecta en la ejecución pero tremendamente fría en el sentimiento.

—... eres una **tabla de planchar**, da igual a la altura que te pongamos, que siempre estarás plano.

—... seguramente si fueras un producto, serías lo más parecido a un **osito de peluche**, algo que todo el mundo se quisiera llevar a casa y abrazarlo y tenerlo ahí y quererlo mucho.

—De «OT» han salido muchos horteras. Yo estaba especialmente preocupado porque este año aún no había despuntado ningún **hortera**. Hoy con tu actuación me has dejado muy tranquilo.

4. Contra la academia

Si voy contra esta gran mentira, en algún momento me tendré que enfrentar a los creadores e instigadores de dicha mentira: profesores y tutores que hinchan las expectativas de unos alumnos en condiciones extraordinarias de aislamiento total, que están en sus manos, y que flaco favor reciben al ser comparados, entre otros, con Frank Sinatra (sí, no me lo invento, eso se ha visto y oído en «OT»). En cuanto la audiencia haya entendido y asimilado su función, deberé pasar a enfrentarme con los mayores, los de mi tamaño, profesores y director de la academia, alejándome así en lo posible de la imagen de un mero abusón de patio de colegio:

—... cuando un alumno no prospera, gran parte de la culpa es del profesor. Por eso, y de cara al futuro, este jurado debería poder nominar también a algunos de ellos.

5. Contra el formato

Los más entendidos del medio coinciden: el formato necesita renovarse. Al igual que hacen «Gran Hermano» y todos los *realities* en cada edición, la audiencia demanda que la sorprendas, y por eso el primero lleva trece ediciones arrojando excelentes números, mientras que «OT» lleva cinco ediciones bajando en audiencia, con la misma mecánica, los mismos contenidos y, como mucho, cambiando los decorados y las canciones que cantan los chavales. Hay que cambiar cosas. Tenga o no razón, la idea de espíritu independiente, ácrata y crítico con el statu quo es fundamental, y ayuda a la credibi-

lidad del jurado, además de evitar cualquier comparación con Simon Cowell, que forma parte del *establishment* como productor ejecutivo de su propio *show*:[196]

—... me gustaría, de alguna manera, mandar un mensaje a quien seleccionara las canciones de cara a las próximas galas, esto es un espectáculo y nos lo tenemos que pasar bien, y no bostezar cuarenta veces...

—Ahora sólo falta que los de estilismo hagan algo para que nuestros bellos concursantes, porque todos son muy bellos, luzcan más y no los vistan a ellas como putas y a ellos como payasos.

6. Contra la audiencia

No hay que casarse con nadie, ni siquiera con mis propios fans. La audiencia odia a la gente pagada de su propio éxito, hay que huir de cualquier signo de autocomplacencia, no hay que relajarse en ningún momento del discurso, y si es así, habrá que reaccionar con *humildad cañera*:

—Nuestro primer mensaje es para el exterior, este jurado ofrece estas sillas a quien crea que lo puede hacer mejor que nosotros, porque seguro que lo sabrá hacer, pero mientras seamos nosotros los que estemos aquí sentados cada domingo, viniendo aquí para valoraros.

7. Contra lo previsible

El único gran pecado es aburrir y aburrirse, así que habrá que sorprender cada vez que se hable, tanto en el fondo como en las formas. Hay que dar titulares para que la gente comente a la mañana siguiente a la hora del café:

—Tengo dos noticias, Daniel, una buena y una mala, la buena es que estás nominado.

—...este jurado está fascinado contigo... (silencio y aplausos)... y está fascinado porque hemos visto a alguien capaz de aburrir hasta la saciedad al público.

196. Simon Cowell es productor ejecutivo de «X Factor», y a menudo se me ha comparado con él. Nada que ver, créeme. Él es mucho más guapo, más rico y más viejo que yo. Ah, y con más pelo.

3.6. La molestia es una obra de arte

> El que quiere interesar a los demás tiene que provocarlos.
>
> SALVADOR DALÍ

Como ya vimos en la primera parte, criticar y molestar al statu quo ha sido históricamente la labor fundamental de casi cualquier artista. El formato de obra de arte es ideal cuando queremos poner el dedo en la llaga sin que nadie —o casi nadie— nos pueda denunciar. Por contra, es un formato que resulta muy difícil de monetizar, aunque, como vamos a ver en tres ejemplos de éxitos editoriales, no imposible.

Primero. Puede tratarse de una obra de arte que haga sonreír. Cada cierto tiempo, surge un libro en blanco que se convierte en un éxito de ventas. Hubo un *Memorias de un amnésico* que no llevaba ni una sola letra impresa, un *Inteligencia militar* que cosechó un gran éxito en Chile sin contener ni una sola palabra, así como un *Reflexiones sobre la nada* o *Snakes of Hawaii* (Las culebras de Hawái; en Hawái no hay culebras), todos ellos repletos de páginas... en blanco. El último título en añadirse a esta lista ha sido *What Every Man Thinks About Apart From Sex* (Lo que todo hombre piensa además de sexo). Doscientas páginas completamente en blanco que se han convertido en todo un fenómeno editorial en el Reino Unido.

Hasta tal punto ha llegado la locura que su autor, el artista Sheridan Simove, para más inri licenciado en Oxford, confiesa que «es el resultado de treinta y nueve años de meticulosa investigación y estudios prácticos en la materia»,[197] y además hace gala del sentido común que le falta a sus *lectores*: «Nunca pude esperar que mi libro sería usado para tomar notas, en cierta medida me están

197. http://bit.ly/UnspvF

demostrando que estaba equivocado al llenar sus páginas de contenido».[198]

Sin duda lo más revelador es la contraportada, donde se invita al lector a «echar un vistazo en el interior del libro», pues allí comprobará lo «chocante que resulta la verdad». Bromear, hacer un juego de palabras, realizar una crítica irónica y mordaz, homenajear a la no-pipa de Magritte o simplemente molestar. Parece que detrás del éxito de la obra de arte de Simove también podemos encontrar los ingredientes básicos de toda molestia. Simove ha visto el filón, y parece que ya está investigando en qué piensan las mujeres además de sexo. Algo me dice que va a llevarle algo más de tiempo escribirlo.

Segundo. Puede tratarse de una obra de arte que haga sonrojarse. Y seguimos con el mundo editorial. Entre los libros publicados por universidades españolas, el ejemplar más vendido en la Feria del Libro de Madrid en 2011 sí tenía letras impresas, pero no fue un tratado sobre economía, ni sobre la crisis, ni siquiera sobre el sexo a partir de los cuarenta (y mira que la ficción se vende mejor que el ensayo). El más vendido fue un libro, con perdón, sobre la mierda. Editado por la Universidad de Huelva, *Fragmentos de una historia de la mierda. Cultura y transgresión*, ocupó durante toda la feria el número uno de libros más vendidos por la Unión de Editoriales Universitarias Españolas. Pero es que lo mejor de la historia es que este libro no era nuevo. En la edición de 2009, este mismo título ya había ocupado un honroso cuarto puesto, y el editor y coordinador de la obra, Luis Gómez Canseco, atribuía su éxito al «hondo vínculo que la mierda guarda con la vida, que explica la fascinación que ha ejercido y ejerce sobre el ser humano. Al fin y al cabo, se trata de un elemento esencial para nuestra existencia».[199] Según recoge en sus páginas, «no solamente es que haya que cagar, sino que la gente se ha dedicado a pensar y escribir

198. http://bit.ly/e9m14j
199. http://mun.do/l9MWax

sobre la mierda».[200] Lo molesto, otra vez ligado a lo políticamente incorrecto y a lo considerado tabú, vuelve a colocarse arriba de todo en las listas de ventas.

Y tercero. Puede tratarse de una obra de arte que haga reflexionar. Cuando el editor de Jane Teller (economista y ex colaboradora de la ONU para la gestión de conflictos) le pidió a la autora que escribiese un libro para niños, no sabía dónde se estaba metiendo. Teller jamás se había planteado un reto similar, y decidió escribirlo sobre algo sencillito, sobre el sentido de la vida, y ponerle un título así, animoso, como para dar buen rollito: *Nada.* El editor, que debió de ver su vida pasar ante sus ojos, en un principio no quería publicarlo, pero Teller insistió tanto que consiguió que su primer libro se vendiese, si por vender entendemos colocar algo más de seiscientos ejemplares en dos años. Un desastre no, lo siguiente.

Pero entonces, el Ministerio de Cultura de Dinamarca decidió otorgarle el premio al mejor libro juvenil del año, y ahí empezó la fiesta. «En Dinamarca, varias librerías se negaron a venderlo. Los medios de comunicación discutieron si debía limitarse su difusión y algunos colegios lo prohibieron. En Noruega, una región lo vetó por razones religiosas. En Francia y Bélgica, varias librerías lo rechazaron. En Alemania, hubo padres que llamaron a la editorial para prohibir su publicación.»[201]

Y qué contenía el libro, te preguntarás. Pues parece que no te has enterado de nada. No te preocupes, ya respondo yo. Molestia, molestia y más molestia: «Teller opina que su éxito revela **la existencia de un malestar común a toda una generación de jóvenes**. La vida se ha convertido en una ridícula competición de *superstars.* Y los jóvenes sienten que esta competición no tiene sentido, pero no conocen ninguna alternativa porque los adultos no les ofrecemos respuestas».[202]

200. http://bit.ly/aqHz2a
201. http://bit.ly/hnn3zz
202. Ibídem.

Como viene siendo habitual en las molestias bien perpetradas, el libro es un rotundo éxito. Ya lleva varios cientos de miles de ejemplares en toda Europa, pues «hoy, en todos estos países, es un fenómeno editorial, recomendado en los colegios, leído por los profesores en las aulas y utilizado por algunas iglesias en las clases para los jóvenes que van a confirmarse».[203]

Si aún te sorprende, vuelve a la página 244.

203. Ibídem.

Paso 4
Gradúa tu molestia (cuánto)

> En esta vida, lo que nunca se debe perder es la falta de educación y la falta de respeto.
>
> JAVIER CONDE,
> diestro o —mejor dicho— torero

Hemos elegido nuestra rareza, tenemos a nuestro enemigo a tiro y sabemos con qué le vamos a golpear. Estamos preparados para matizar y graduar nuestra molestia. No queremos quedarnos cortos, pero los efectos de matar moscas a cañonazos podrían ser igual de perniciosos.

En primer lugar tenemos que saber en qué contexto social nos movemos. Las civilizaciones se mueven siempre dentro de un contexto moral y ético que evoluciona con el tiempo, pero del que no debemos salir si no es porque queremos convertirnos en unos traidores. Como escribe José Ovejero en *La ética de la crueldad*:

> **Hay una narrativa dominante que no puede ser desafiada sin caer en el mal gusto, la subversión o la perversión, sin ser un traidor a la sociedad**. Con algunas cosas no se juega: basta con mencionar palabras como terrorismo, sexualidad infantil, violencia de género, aborto, para darnos cuenta de que cualquiera que se enfrente al discurso dominante, en lugar

de ser escuchado, será enviado al bando de los violentos o de los pervertidos o de los machistas o de los reaccionarios.[204]

Es lo que le ocurrió al diseñador John Galliano en febrero de 2011, por aquel entonces diseñador jefe de la firma Christian Dior, cuando fue arrestado por proferir insultos antisemitas y racistas durante una cena entre amigos en el barrio parisino de Le Marais.[205] El polémico diseñador llegó a afirmar que «amaba a Hitler».[206] Vamos, que como decimos en mi tierra, se pasó todos los pueblos, y encima dio la casualidad de que había alguien grabándolo todo, con lo cual las imágenes se vieron por televisión y dieron la vuelta al mundo... varias veces.[207] A Galliano le cayó la del pulpo, le retiraron todo tipo de honores y condecoraciones públicas[208] y, obviamente, fue despedido.[209] Esto es lo que nos puede ocurrir si no somos conscientes de los límites del contexto en el que operará la molestia.

La buena noticia es que muchas de esas barreras son móviles, se amplían y mutan con el tiempo. «**Lo excesivo siempre corre el riesgo de caducar deprisa**; cuando lo transgresor acaba siendo asumido por buena parte de la sociedad, pierde sus aristas, ya no hiere, ya no traspasa los tejidos, se mella, entra, finalmente, en la tradición. El tiempo, y la transformación de las costumbres que necesariamente acompaña su transcurso, hace que lo que resultaba chocante deje de serlo.»[210]

Un ejemplo. A continuación te presento una lista de algunas de las cosas que han sido polémicas, controvertidas o mal vistas en los últimos sesenta años:

204. Ovejero, op. cit.
205. http://bit.ly/UFlakS
206. http://bit.ly/gx6Hea
207. http://bit.ly/eYnQJM
208. http://bbc.in/Svzk6x
209. http://bit.ly/SMsTvn
210. Ovejero, op. cit.

> Fumar, dejarse el pelo largo un hombre, llevar el pelo corto una mujer, dejarse barba, la minifalda, el biquini, la música jazz, la música rock, la música punk, la música reggae, el rap, los tatuajes, dejarse crecer el pelo de las axilas, los grafitis, el surf, el monopatín, el *piercing*, las corbatas estrechas, no llevar sujetador, la homosexualidad, la marihuana, la ropa rota, la gomina, el pelo cortado en cresta, el pelo afro, tomar la píldora, el posmodernismo, los pantalones de cuadros, las verduras orgánicas, el calzado militar, el sexo interracial...[211]

Todas ellas fueron motivo de polémica. Todas ellas fueron fuente de transgresión. Y como indican Joseph Heath y Andrew Potter en *Rebelarse vende*, hoy en día casi todas aparecen en cualquier videoclip de Justin Bieber.

Nuestra molestia puede ir desde lo convencional hasta lo censurado, pasando por lo diferente, inusual, controvertido, polémico y lo transgresor, y parece que todo dependerá del contexto social, económico y cultural en el que la disparemos.

Así pues, para cumplir **el cuarto paso del Método Annoyomics©** habrá que saber qué variables y dimensiones definen ese contexto en el que la molestia se ejecuta, y cuáles de esas dimensiones son las idóneas para proceder en cada caso. En su ensayo *The Psychology of Hate*, Susan Opotow[212] afirmó que:

> La naturaleza de una exclusión moral particular puede quedar captada en tres dimensiones, a saber: intensidad, implicación y extensión; a su vez, estas tres dimensiones dan lugar a ocho formas de exclusión moral. La intensidad de la implicación moral puede ir desde lo sutil hasta lo descarado; la implicación de la gente puede ser activa o pasiva; y la extensión, estrecha y reducida a un pequeño subgrupo dentro de la sociedad, o bien generalizada y dirigida a la sociedad como un todo.[213]

211. Joseph Heath y Andrew Potter, *Rebelarse vende*, Taurus, 2005.
212. http://www.conservationpsychology.org/profiles/38/
213. Sternberg y Sternberg, op. cit.

Intensidad, implicación y extensión. Me parece una forma muy útil a la vez que sencilla para delimitar cualquier contexto en el que se dé una «exclusión moral», o como la venimos llamando aquí, molestia. Veamos cada una de ellas por separado.

OT 6. Martes, 8 de abril de 2008, 17.00 horas

Hoy comienza la sexta temporada de «OT». En el plató principal de Mediapark, Esplugues de Llobregat (Barcelona), casi los mismos doscientos profesionales, entre técnicos, cámaras, atrezistas, vestuario, bailarines, etc., ultiman los preparativos de la gala que se va a emitir en directo esa misma noche. Misma gente, mismo plató, todo idéntico a la anterior edición. ¿Todo? ¡No![214]

Existen tres diferencias importantes que a estas horas parecen insignificantes pero que acabarán por transformar una edición más de «OT» en una de las más intensas de los últimos años.

- En primer lugar, he participado por primera vez en todos los *castings*. Eso quiere decir que me he recorrido España durante dos meses con el equipo de producción en busca de los dieciocho aspirantes a entrar en la academia, he podido escuchar de primera mano colas y colas de debutantes y profesionales del mundo de la canción, frikis, artistas de medio pelo y de pelo entero, y, por supuesto, he podido influir —poco, pero algo— en la lista definitiva de finalistas.
- Durante uno de esos *castings*, concretamente en el que se realiza en Sevilla, me he fijado en una joven sevillana, morena, de aspecto frágil, tez blanquecina y enormes ojos azules. Un perfil extraño para lo que acostumbra a presentarse a este tipo de concursos, ya que en su prueba se ha atrevido con canciones muy alejadas del repertorio habitual de «OT», como *Smile* o *La Vie en Rose*. Su cara, inolvidable. Su voz, inconfundible. Su nombre, Virginia Maestro.
- Como consecuencia de los dos anteriores puntos, tengo la sensación de que ha llegado el momento de apostar por alguien. Si he

214. Qué tiempos, Asterix y Obelix.

participado en todos los *castings*, en parte soy responsable de la selección final. Si he seleccionado a alguien, no tendría mucho sentido que cargase contra ese mismo alguien como si no fuera conmigo. Es necesario dar un paso al frente y hacer una propuesta. Ha llegado el momento de dejar de cultivar detractores, y empezar a construir una base de fans.

4.1. Intensidad

> La semilla del fracaso está en el éxito. Si te lo crees, eres más destructible.
>
> JUAN ROIG,
> presidente de Mercadona

También en la molestia se puede ser sutil o descarado. También en la molestia hay que decidir si uno quiere molestar de forma intensiva o más bien leve. Todo depende de qué tipo de reacción estemos buscando, pues a mayor o menor intensidad, nuestros enemigos reaccionarán de forma muy diferente.

Hay veces que es bueno permanecer en un plano muy sutil y poco a poco ir generando esa molestia, como un goteo del que sea cada vez más difícil escapar. Es recomendable ser sutil cuando se pretende **una estrategia a largo plazo**, cuando lo que se quiere es perdurar con la molestia y que un mensaje viva años en el imaginario colectivo. En este caso será necesario alimentar la molestia con pequeñas campañas coherentes entre sí y consistentes con un mismo mensaje.

Esta es la molestia de baja intensidad, que responde a la vieja teoría para hervir una rana. Si echamos la rana en agua hirviendo, lo más probable es que salte y escape. En cambio, si lo que hacemos es introducirla en agua a temperatura ambiente y subimos la temperatura poco a poco, la teoría dice que la rana acabará hervida sin darse cuenta. La práctica dice que si intentas hervir una rana viva... es que eres un jodido psicópata.

Lo tengo que reconocer. Me fascina la figura de Paris Hilton. Y no hablo de su físico, ni de la herencia de 365 millones de dólares de la que fue vilmente despojada. Bueno, de eso igual sí. Pero el caso es que cuando leí las declaraciones de Alex Bogusky en las que apoyaba y defendía su figura mediática como una marca me sentí reconfortado. Alguien mucho más importante y con más experiencia que yo lo veía igual.

Paris Hilton en la conferencia de prensa de la segunda temporada de «My New BFF».

Sí, ya sé que he dicho que íbamos a hablar de sutileza. Pero te guste o no, hoy Paris es una marca global que ha superado incluso la potencia de su apellido. Como la ha definido *The Times*, no estamos hablando de una petarda chupasangres, sino de todo un «genio de los negocios».[215]

Porque, vamos a ver, ¿cuántas hijas de millonarios no han hecho más que dilapidar la fortuna de sus predecesores en lujosos clubes de polo, fiestas y yates en la Costa Azul? La Paris, como a mí me gusta llamarla, ha hecho eso, y mucho más, pues ha conseguido convertir su nombre en una marca personal global y su imagen en un producto a la venta a lo largo y ancho de los cinco continentes.

Perfumes, joyas, moda, música, cadenas de comida rápida, escuderías de motociclismo y hasta *realities* con su nombre y apellido, que no han hecho más que expandir su imperio en todo el planeta. «Sus cifras, finalmente, lo dicen todo: sólo entre 2005 y 2006 ganó más de cinco millones de euros por sus películas, sus perfumes, sus discos y su trabajo como modelo. Desde entonces no ha parado de hacer dinero con cada una de sus apariciones.»[216]

Pero si algo ha caracterizado la implacable campaña mundial de La Paris en todo el mundo —y aquí es donde volvemos al tema de la intensidad— ha sido el goteo y la periodicidad con la que hemos ido recibiendo sus píldoras de escándalo y de provocación a lo largo de los años: «Cada cierto tiempo, se convierte en noticia y se habla de ella. **Si en positivo o negativo, no importa. Es el juego de la polémica, uno de los más utilizados hoy en día por multitud de rostros conocidos y, por ende, el más demandado por los medios de comunicación**».[217]

Ahora ya casi no recordamos muchos de sus hitos, pero un currículum así no se improvisa de la noche a la mañana: «Dete-

215. http://bit.ly/anwBiF
216. http://bit.ly/anwBiF
217. http://bit.ly/UFlq3g

nida por conducir borracha, exceso de velocidad, conducir sin carné, sin luces de noche, por violar su libertad condicional. Desheredada por su abuelo, se hizo también famosa por un vídeo que circuló por medio mundo en que practicaba una felación».[218]

Es la estrategia de la lucha contra el olvido, es estar en campaña continua, es saber que hay que molestar con regularidad para que nadie se olvide de ella, y así seguir haciendo caja con su imagen pública. «En la mayoría de los casos **el hecho de ser polémicos parece garantizar la atención generalizada de los usuarios cuando el "contexto o contenido" del mensaje rompe los esquemas establecidos o se presenta de alguna forma poco convencional o provocativa para generar un mayor impacto**.»[219] Un angelito envuelto en molestia que ha sabido estar en los medios con cierta regularidad, y que jamás ha escapado de nuestras vidas desde que en 2003 nos sorprendiera con el famoso vídeo, convertido ya en todo un clásico en la red.[220] Molestia mantenida, molestia de baja intensidad, molestia que construye un largo plazo y que hay que mantener.

Y no abandonamos el petardeo, porque en España también tenemos nuestra molestia de baja intensidad que acaba dando sus réditos. De vez en cuando, pequeños fogonazos de controversia nos recuerdan la existencia de ciertos políticos que, si no fuese por el uso periódico de la molestia, jamás atraerían la atención de los medios sobre los municipios que regentan. Es el caso del alcalde de Badalona, de nombre Xavier García Albiol, practicante incondicional de la molestia, que desde que fuese elegido en 2011 sabe muy bien cómo figurar cada cierto tiempo en los medios para que los ciudadanos del resto de España no podamos olvidarnos de su existencia: en abril de 2010, García Albiol acaparó todos

218. http://bit.ly/SxcI5g
219. http://bit.ly/VjHwVM
220. http://bit.ly/WIO9SD

los medios por repartir folletos de propaganda entre sus conciudadanos con el lema «No queremos rumanos» en sus fotografías;[221] en 2011 convocó a esos mismos medios para anunciar que no destinaría ni un euro a integrar a los gitanos,[222] y en 2012 recomendó a la comunidad musulmana desde los mismos medios «que se buscaran la vida» si querían rezar durante el mes del ramadán.[223] Algunos lo acusan de xenófobo. Otros, de megalómano. Yo, de molesto.

Otro ejemplo de edil mediático y con conocimientos prácticos sobre la molestia es Juan Manuel Sánchez Gordillo, alcalde de Marinaleda (Sevilla) desde 1979, y fenómeno de masas desde el 7 de agosto de 2012, cuando decidió organizar junto a cuatrocientos militantes del Sindicato Andaluz de Trabajadores un asalto a sendos supermercados en Écija y Arcos de la Frontera, de donde sustrajeron varios carritos de productos para entregárselos «a las familias necesitadas».[224]

Los que crean que ésta ha sido una acción aislada, van muy equivocados. El historial de molestias mediáticas de Sánchez Gordillo es casi tan dilatado como su propia carrera política al frente del ayuntamiento. En estos últimos treinta años ha sido juzgado por ocupar fincas,[225] ha hecho modificar los estatutos de Izquierda Unida,[226] se ha encerrado en la Consejería de Gobernación,[227] en la Casa de la Cultura del pueblo,[228] en la sede del INEM en Sevilla[229] y en la de Canal Sur,[230] en 1983 organizó una huelga de hambre contra la pres-

221. http://bit.ly/YzbJaT
222. http://bit.ly/YzbPz9
223. http://bit.ly/YNR9lT
224. http://bit.ly/NlrtDC
225. http://bit.ly/SMchUq
226. http://bit.ly/YNRiFS
227. http://bit.ly/Yzc6SE
228. http://bit.ly/R73AXZ
229. http://bit.ly/SMcwyR
230. http://bit.ly/TOYET3

tación por desempleo,[231] se ha presentado en la oficina del Consejero de Agricultura de la Junta de Andalucía junto a ochenta mujeres por estar harto de ser los «mendigos del Estado»,[232] ha denunciado premios otorgados a la aristocracia,[233] ha sustituido la Semana Santa por una semana reivindicativa[234] y las fiestas del pueblo por ocupaciones de fincas,[235] ha jurado su cargo «por las criaturas humanas, la utopía y la insumisión»,[236] se ha encadenado a las puertas del Parlamento[237] y, por supuesto, ha sido encarcelado,[238] sancionado,[239] y hasta amenazado de muerte.[240] No está mal para un pueblo de menos de tres mil habitantes, un punto en el mapa que no llega a los veinticinco kilómetros cuadrados. Como político no me atrevería a evaluarlo, pero como publicitario le tengo que dar un diez al señor Sánchez Gordillo. Y como molesto, un once.

Otras veces, sin embargo, es mejor que la molestia llegue como un tsunami, de golpe, si lo que se quiere es que ésta surta efecto. **Son las campañas de intensidad elevada**, que barren todo cuanto tocan, pero que **no tienen la intención de permanecer en el tiempo**, porque tampoco tendrían ningún sentido.

Halloween es una fiesta típicamente estadounidense que ocurre sólo una vez al año, concretamente la noche del 31 de octubre. Esa noche, una ingente cantidad de ciudadanos se lanzan a las calles dispuestos a ponerse lo que haga falta para dar miedo, asco o, directamente, pena.

Pues bien, contrariamente a lo que había ocurrido los años ante-

231. http://bit.ly/VjI128
232. http://bit.ly/XpujRb
233. http://bit.ly/UFmd4c
234. http://bit.ly/VBF92w
235. http://bit.ly/SMcR4u
236. http://bit.ly/TOYVFy
237. http://bit.ly/TBQ5LA
238. http://bit.ly/THj9DZ
239. http://bit.ly/OLlYlJ
240. http://bit.ly/R745RU

riores, en 2009 el disfraz más vendido no fue el de zombi ni el de vampiro, ni el de licántropo. El éxito de la temporada fue el «Illegal Alien Adult Costume», que traducido viene a ser..., bueno, si necesitas traductor, lo buscas en Google. El traje, un mono naranja al estilo de los presidiarios de Guantánamo y con las palabras *Illegal Alien* impresas en el pecho, incluía una máscara de marciano y una tarjeta verde emulando la famosa Green Card, documento oficial necesario para obtener la residencia en Estados Unidos. Lo mejor, el eslogan con el que se vendía: «No ha cruzado una frontera, sino toda una galaxia».

El caso es que no fue el más vendido porque fuera el mejor disfraz, ni el más barato, ni siquiera el más publicitado. Fue el más vendido por la polémica que levantó en pocas semanas: «Las ONG y las asociaciones, especialmente de la comunidad hispana, han puesto el grito en el cielo por considerar que la distribución de esta particular vestimenta es una **ofensa** para los doce millones de personas en situación irregular que, según sus cálculos, viven en Estados Unidos».[241] Como declaraba la presidenta de la Liga de Ciudadanos Latinoamericanos Unidos (LULAC): «El mofarse de una comunidad **nunca está de moda ni es apropiado. Es un insulto**».[242]

Fue tanto el revuelo que hasta las principales cadenas de distribución de Estados Unidos, como Target o Walmart, se vieron obligadas a retirar el disfraz, que rondaba los cuarenta dólares y acabó vendiéndose exclusivamente por internet. Pero ya era demasiado tarde. La molestia se había conseguido, y el éxito de ventas del disfraz era un hecho.

Para William Green, presidente de Americans for Legal Immigration, la ofensa no era tal, y «**las únicas personas molestas serán los locos hipersensibles, políticamente correctos, proamnistía y defensores de los alienígenas**».[243]

241. http://mun.do/1L6EQy
242. http://bit.ly/SxdG1j
243. http://bit.ly/YNRV2m

Da igual de qué lado nos sintamos en esta polémica. Lo que importa es que, al final, molestar puntualmente al 15 por ciento de la población estadounidense (censo de hispanos en 2009)[244] tuvo premio, y fue inmediato.

OT 6. Galas 0-1

Hay que empezar con gas a fondo. Ya en la gala, o mi definición del concurso, apuntaba quiénes iban a ser los enemigos de la presente edición:

—Antes que nada deja que sea el primero en darte la bienvenida al karaoke más caro del mundo.

—Has elegido una canción que es de Nena Daconte, interpretada por Mai Meneses; tú sabes que Mai Meneses estuvo aquí en la segunda edición. A mí me gustaría que tú siguieras sus pasos y no me refiero a triunfar en la música, sino que también fueras expulsada en la primera gala.

—Otros ven ahora concursantes de «OT», yo de momento sólo veo concursantes de. Necesito que me prometáis, aquí y ahora, que no os vais a dedicar a iros a una isla o a iros de colaboradores a otros programas, que queréis trabajar de, por y para la música.

Sin embargo, fue en la gala 1 cuando se produjo la primera noticia de la edición. Una concursante, de nombre Patty, decidió abandonar el concurso por la reciente muerte de su abuela. Ella quiso asistir al sepelio de su familiar, pese a saber que, de ese modo, renunciaba a su plaza en el concurso. Una plaza que había ocupado ella, dejando fuera a alguno de los miles de aspirantes que no habían podido cumplir su sueño. Ahí no desaproveché la oportunidad de demostrar mi enfado:

—Quisiera hablar con todos. Quería preguntaros si alguien más quería abandonar la academia. Quería preguntároslo por si alguien tiene que hacer una gestión, ha dejado el coche mal aparcado, se le ha muerto un canario, un perro, un abuelo o lo que sea.

244. http://yhoo.it/THjtmd

Fue este comentario el que provocó que el periodista Thomas Catan, del prestigioso rotativo *The Times*, publicara por primera vez en la historia de «OT» un artículo dedicado a transcribir literalmente las opiniones de un jurado del concurso. La noticia a toda página vio la luz el 18 de abril de 2008, y deja entrever la necesidad o conveniencia de censurar mis opiniones:

> «Telecinco sought to distance itself from Mejide's comments. «We never apply censorship —it said—. However, that does not mean that we are always in agreement with what is said, and in this case the opinions were Risto's.» Risto, as the 34-year-old Mejide is universally known, has refused to speak to the Spanish media about his comments, with his agent saying that he is unreachable on a long trip. But on his personal blog, he refused to retract his comments or apologize».[245]

Por otro lado, la audiencia no hace más que crecer y crecer en el momento de mis intervenciones, y Telecinco, consciente de ello, no traslada ningún comentario para el jurado al respecto. Sin embargo, algo más ocurre en esa gala que no tiene tanta repercusión mediática como para aparecer en *The Times*. Un simple comentario, una valoración de consecuencias en un principio imperceptibles, y que sin embargo, a medio plazo acabaría condicionando el desarrollo y posterior resultado de la edición.

Sucede al valorar a Virginia. La joven de ojos azules ha vivido una primera semana particularmente intensa en la academia. Sus compañeros y contrincantes han empezado a expresar la evidente brecha educacional que había entre ellos y la que pronto sería conocida como «la niña azul».

Hay que decir que todos los profesionales que trabajamos en «OT» tenemos terminantemente prohibido trasladar cualquier noticia del exterior a los concursantes, y todavía menos las que hacen referencia a lo que el espectador ve. Cualquier infracción al respecto ha significado en más de una ocasión el despido fulminante de la persona que rebasara esa línea. Por eso, cuando utilizo como arma arrojadiza la información que había visto en algunos vídeos, provo-

245. http://www.timesonline.co.uk/tol/news/world/europe/article3768201.ece

co una reacción en cadena que abre un profundo abismo entre la niña azul y todos los demás:

—Esta semana todos los espectadores en su casa han podido ver cómo tus compañeros te ponían verde, todos hemos visto cómo rajaban de ti, te quiero informar para que sepas que hay gente muy cercana a ti que está hablando mal de ti. Porque te quiero informar, porque no quiero que cambies ni un ápice tu manera de ser. Lo que es especial en ti, es lo que te hace diferente y eso lo tienes que mantener. Hazme el favor de mantenerte fiel a la Virginia que entró en «Operación Triunfo».

La bomba estaba lanzada. Virginia, también.

4.2. Implicación

> El principal deber de un escritor desconocido es ser interesante. El derecho de ser aburrido pertenece a los escritores célebres.
>
> E. Berr

Podemos implicarnos en la creación de una molestia, o simplemente lanzarla de manera más indirecta y dedicarnos a hacer de actores secundarios. El grado de implicación en una u otra opción acabará determinando nuestra culpabilidad y, por tanto, nuestra responsabilidad ante el enemigo al que hayamos decidido atacar.

A veces es bueno estar detrás de la molestia, permitir que funcione sola y convertirla en protagonista mientras permanecemos en el más absoluto anonimato, dejando que sea nuestra molestia la que lleve el peso de la fama y del mensaje que tratamos de transmitir. Esta estrategia es la más adecuada cuando pretendemos llamar la atención sobre algo que es muy complejo de explicar, y es más segura, puesto que no nos compromete hasta que la molestia ha triunfado y ha logrado generar la polémica que estábamos buscando. En este caso, lo más adecuado es infiltrarse, hacerse pasar por alguien que no eres, implicar a un tercero que será el que dé la cara, dar una noticia falsa, exagerada e irreal y de este modo centrar el debate sobre lo que nos interesa, y una vez que triunfe nuestra molestia, salir a la palestra y reivindicar nuestra autoría.

Puede que los nombres de Andy Bichlbaum y Mike Bonanno no te suenen de nada, pero si te hablo de The Yes Men, la cosa debería empezar a cambiar. Como los describen en Wikipedia,[246] The Yes Men es un colectivo ya conocido y reconocido en todo el mundo porque «se hacen pasar por personas poderosas y portavoces de organizaciones prominentes, aceptando las invitaciones recibi-

246. Cualquier libro publicado hoy en día debería empezar a pagar derechos a la Wikipedia. A partir de la publicación de éste, claro.

das en sus páginas web para aparecer en conferencias y programas de televisión. Luego usan su autoridad recientemente adquirida para expresar la idea de que las corporaciones y organizaciones gubernamentales a menudo actúan en modos deshumanizantes hacia el público en general».[247]

Ellos jamás aparecen con sus nombres reales, sino que suplantan las identidades de ejecutivos de los grandes organismos públicos y privados para perpetrar su molestia, un método que ellos mismos han bautizado como «corrección de identidad». Y entre sus víctimas, General Electric, McDonald's, Dow Chemical o la Organización Mundial del Comercio, que ya han sufrido su activismo cargado de sátira.

Desde la misma página principal de su sitio web oficial,[248] The Yes Men deja bien claro quiénes son sus enemigos: «**Nuestro objetivo son líderes de las grandes corporaciones que anteponen los beneficios a todo lo demás**», y acto seguido nos desvelan sus acciones más recientes bajo el epígrafe de «Yes Lab»: todo un laboratorio experimental sobre la molestia.

Entre ellas, mis favoritas son aquellas cuya repercusión llegó a afectar la cotización bursátil de las corporaciones víctimas, que vieron indefensas cómo un par de descerebrados se hacían pasar por uno de ellos para lanzar alguno de sus comunicados de lo más revolucionarios en medios masivos.

Como cuando dos ejecutivos falsos de General Electric anunciaron a través del diario *USA Today* que devolverían los tres mil millones de dólares que la compañía se había ahorrado gracias a sus más que cuestionables privilegios fiscales.[249] El efecto fue inmediato, pues las acciones de GE se desplomaron hasta un 6 por ciento, dejando en evidencia que no era lo que los accionistas esperaban de su empresa. Al final, muchos medios, entre ellos la CNN,

247. http://bit.ly/avNOa8
248. http://theyesmen.org
249. http://bit.ly/11CW6Or

tuvieron que destapar el engaño, lo cual permitió, como ellos mismos cuentan, preguntarse por qué las grandes compañías estadounidenses no pagaban impuestos mientras que los gobiernos locales se veían obligados a recortar en casi todas las partidas, incluidas sanidad y educación.[250]

O como cuando en 2011, en pleno caos y crisis financiera mundial, infiltraron a un supuesto *trader* en la BBC, donde declaró, entre otras lindezas, que «Goldman Sachs dirige el mundo», o que «La crisis es un sueño hecho realidad para los que queremos hacer dinero. He estado soñando con esto durante más de tres años. Y tengo que confesar algo: cuando me voy a dormir cada noche, sueño con otra recesión como ésta».[251] Puedes imaginarte el revuelo que causaron sus declaraciones, pero sobre todo, puedes imaginarte el debate social que suscitó.

The Yes Men y sus militantes estuvieron siempre detrás de todas estas molestias, como guionistas, productores, cómplices y actores de una comedia de enredo, y justo cuando decidieron destaparlas, también comunicaron por qué lo hacían y cuál era su intención.

Molestias globales y muy bien llevadas, de principio a fin, o lo que en las redes sociales ya se conoce como OWNED. En YesLab.org encontramos muchos más ejemplos de estos maestros. Te recomiendo que les sigas la pista, pues todavía hoy son de los mejores engañando a los medios.

En Bélgica, en 2005, una campaña publicitaria que —por esta vez— nada tenía que ver con The Yes Men, consiguió un efecto similar. Para promocionar el cambio de formato de su rotativo, el diario francófono *Le Soir*, el más influyente en Bélgica, lanzó una primera oleada de piezas publicitarias en las que invitaban a comprar un bebé por internet, a ayudar al Tercer Mundo comprando allí los órganos o a cambiar el color de la piel de los inmigrantes para que se integraran al ciento por ciento. Las piezas no iban firmadas más que por páginas web que supuestamente apoyaban cada una de las

250. http://bit.ly/11CW6Or
251. http://bit.ly/ooE6y8

causas. Como era de esperar, la campaña[252] desató la indignación de prácticamente todo el país. La ministra para la Infancia, Juventud y Sanidad, Catherine Fonk, calificó la campaña «de mal gusto», la unidad de delitos informáticos de la policía investigó el origen de la campaña por si se estaban vendiendo niños por internet, y fue objeto de varias denuncias contra la ética publicitaria.

En una segunda oleada, el diario continuó con las imágenes de la primera tanda, pero esta vez firmando como *Le Soir* y bajo un lema: «Rebélate contra lo inaceptable». Al final de tanta molestia, el periódico reconoció que era justo eso lo que buscaba: «**Indignar. Provocar una reacción. Provocar para que alguien se levante**, tome la palabra y diga: "Es inaceptable. ¡Lo rechazo!"».[253]

Lógicamente, no siempre habrá que esconderse detrás de una molestia, ésa no es la única forma. Otra opción consiste en no ser para nada anónimo, sino implicarse directa y personalmente desde el principio en la molestia, hacerlo a cara descubierta y uniendo la cara al mensaje que queramos hacer llegar. En este caso, tenemos que tener una causa más sencilla de explicar a los medios, pero sobre todo deberemos ser conscientes de que si existe un alto riesgo de que nuestra molestia fracase, con ella estamos comprometiendo también la autoridad pública de quien hayamos puesto al frente. También hay que tener en cuenta que, sobre todo en un inicio, habrá que costear la publicidad de la molestia o bien ser mucho más molestos, pues de otra manera los medios no se van a implicar con nosotros tan fácilmente como si nos quedamos en un segundo plano.

La firma italiana de moda Diesel lleva prácticamente desde su fundación sorprendiendo y molestando con sus campañas publicitarias, que suelen reírse de lo políticamente correcto, para hacernos reflexionar sobre lo bueno que es rebelarse contra las normas e incluso hacer exactamente lo contrario de lo que dic-

252. http://mun.do/Yzfehz
253. http://mun.do/Yzfehz

tan. Así, abanderando causas contra lo establecido y poniendo el dedo en la llaga, ha logrado construir una sólida imagen de marca y ha atraído a millones de jóvenes en todo el mundo, que se han sumado a sus campañas como si se tratasen de un credo. La última en levantar una gran polémica lleva como eslogan: *«Be Stupid»*. Una invitación en toda regla a ser el más tonto de la clase, que hay que explicarla, exponerla y hacerla entender, y qué mejor manera de hacerlo que con un sencillo, provocador y claro manifiesto:

El manifiesto de Diesel

Como los globos, estamos llenos de sueños y esperanzas. Pero, según pasa el tiempo, una frase entra en nuestras vidas: «No seas estúpido».

Es el destructor de posibilidades. El mundo está lleno de gente inteligente. Haciendo todo tipo de cosas inteligentes... Eso es inteligente. Bueno, nosotros apostamos por hacer el estúpido.

Hacer el tonto es la búsqueda sin cesar de una vida libre de arrepentimientos. Lo inteligente puede tener el cerebro... pero lo estúpido tiene las pelotas. Lo inteligente puede reconocer las cosas por lo que son. Lo estúpido ve las cosas como deberían ser. Lo inteligente critica, lo estúpido crea.

El hecho está en que si no tuviéramos pensamientos estúpidos, no tendríamos ningún tipo de pensamientos inteligentes. El inteligente puede tener planes... pero el estúpido tiene historias. El inteligente puede tener autoridad, pero el estúpido tiene una resaca acojonante.

No es inteligente asumir riesgos... Es estúpido. Ser estúpido es ser valiente. El estúpido no tiene miedo a fracasar. El estúpido sabe que hay cosas peores que fracasar... como ni siquiera probar. Lo inteligente tiene una buena idea y esa idea es estúpida. No puedes burlar al estúpido. Ni lo intentes. Acuérdate, sólo lo estúpido puede ser realmente brillante.

Entonces SÉ ESTÚPIDO.[254]

254. http://bit.ly/YzfoFE

Huelga decir que la campaña fue **censurada y retirada** por el organismo de autocontrol publicitario del Reino Unido por «promover conductas antisociales».[255]

Es lo que Scott Goodson, socio fundador de la agencia de publicidad Strawberry Frog, denomina «marketing de movimientos» en su libro *Uprising*.[256] La marca identifica alguna causa contra la que le interese luchar a sus potenciales clientes, y con el objetivo de volverse relevante para ellos y establecer un diálogo interesante, esa marca se implica hasta tal punto que da la cara, abandera ese movimiento en todo el mundo y se une a la lucha **contra dicha causa**, a través de una importante inversión en medios, en los que coloca vídeos, mensajes radiofónicos y vallas publicitarias.[257]

255. http://visualplusforteza.blogspot.com/2010/07/la-censura-prohibe-la-campana-be-stupid.html

256. http://bit.ly/JqowFg

257. http://bit.ly/cg2XCW

4.3. Extensión

> No hay duda, estoy en plena decadencia; ya no tengo más que amigos y admiradores.
>
> JACINTO BENAVENTE

Otra de las decisiones importantes que deberemos tomar a la hora de graduar nuestra molestia es la extensión de la misma. El territorio en el que decidamos ejecutar nuestra molestia podrá determinar su éxito o fracaso. No es lo mismo lanzar una molestia global que una local, o que una segmentada por grupos sociales.

Muchas veces, un producto que no ha provocado ninguna polémica en un país llega a ser motivo de censura y de gran revuelo cuando viaja a otro, conservando sus características intactas.

Es lo que le ocurrió a la juguetera alicantina Berjuan, que en 2009 lanzó por primera vez su «Bebé Glotón», un muñeco que permitía a la niña simular que lo amamanta gracias a un top con florecitas en los pechos que simulaban los pezones. El juguete salió a la venta en España sin ningún escándalo y se vendió tan razonablemente bien que llegaron a superar las treinta mil unidades vendidas.[258] Quizá por eso, por la falta de polémica y de escándalo que hicieran del producto un superventas, la empresa decidió comenzar su exportación al Reino Unido y a Estados Unidos. Y ahí fue cuando vino el lío. Perdón, la molestia.

En Estados Unidos, el presentador de la cadena FOX Bill O'Reilly declaró que el muñeco promovía los embarazos entre niñas y adolescentes, y que por tanto «sexualizaba a las niñas»,[259] y en *The New York Times* se preguntaban: «¿Le comprará usted el muñeco a su hija? ¿Es ésta una buena manera de acercarle a las mamás que dan

258. http://bit.ly/h7AA1p
259. http://bit.ly/h7AA1p

pecho, o **es sólo una estrategia para escandalizar —y vender?**».[260]

En el Reino Unido tampoco se quedaron cortos. Janet Fyle, asesora del Royal College of Midwives (Colegio Real de Comadronas), declaró que «tiene que haber otras maneras de educar a nuestras hijas para que vean normal el acto de amamantar a un bebé».[261]

Es verdad que igual el eslogan de la campaña publicitaria del muñeco no indicaba que quisieran pasar desapercibidos, precisamente: «No deberías esperar a tener pechos para poder amamantar a tu bebé». Para nosotros, que ya estamos metidos en esto de la molestia, es claramente una declaración de guerra contra todos los que se levantaron después. El mismo César Bernabéu, director de marketing y ventas de Berjuan, lo admitía: «**Sabíamos que era un producto que podía despertar rechazo**, pero no esperábamos esto».[262] Le faltó brindar con champán.

Otras veces, la molestia está pensada desde un inicio para ser efectiva más allá de cualquier frontera.

La cadena holandesa BNN, fiel a su estilo provocador, lo volvió a lograr en 2011 cuando dos presentadores del programa «*Proefkonijnen*» («Conejillos de Indias») cocinaron y comieron en directo su propia carne, carne que previamente había sido extirpada en un quirófano, cometiendo así un acto de canibalismo en directo en televisión. El vídeo, aún disponible por internet, no es apto para hipocondríacos.[263] Como era de esperar, el revuelo que causó la emisión fue tal que hasta tuvo que contar con un abogado en plató que fuese informando a la audiencia de que «tanto la extracción de carne humana sin motivo médico como el canibalismo están penados por la ley».[264] O, como se decía en los viejos tiempos, no lo intenten en casa.

260. http://nyti.ms/TQAieG
261. http://bit.ly/mZD4v
262. http://bit.ly/TBSkhV
263. http://bit.ly/uMcPAj
264. http://bit.ly/QGOTtf

Por último, hay veces en las que la molestia es la manera más efectiva y rápida de internacionalizarse.

Un pueblo aragonés de no más de cinco mil habitantes, absolutamente desconocido para quien no hubiera recorrido el Camino de Santiago, lo comprobó hace muy poco. El pueblo de Borja, de la provincia de Zaragoza, cosechó fama internacional en agosto de 2012 gracias a la molestia de una mujer, doña Cecilia Giménez.

Esta paisana baturra decidió un buen día que había que restaurar un fresco de un eccehomo sito en el Santuario de la Misericordia de Borja, obra del pintor Elías García en el siglo XIX, pues había llegado a un nivel inaceptable de deterioro. Doña Cecilia, ni corta ni perezosa, y con más buena voluntad que talento, decidió echarle una mano al fresco y restaurar por sí misma la pintura. Y vaya si se la echó. El destrozo, porque no hay otra manera de calificarlo, es obra sin lugar a dudas de un genio de la molestia. No sólo se le fue la mano, sino que ayudó de golpe a que su minúsculo y desconocido pueblo saltara a la palestra de todos los medios e informativos a escala mundial en cuestión de horas. Rotativos internacionales como *The New York Times*,[265] el francés *Libération*[266] o *The Independent*,[267] y grupos mediáticos de referencia y prestigio mundial como la BBC[268] y programas como el show de Conan O'Brian,[269] no pudieron resistirse a darle cobertura a esta anecdótica molestia acaecida en la pequeña localidad de Borja.

Sí, vale, el párroco de Borja pidió que se tapase el cuadro «para evitar mofas dentro de la iglesia»,[270] y la autora de la molestia llegó a sufrir ataques de ansiedad,[271] pero de pronto empezaron a

265. http://nyti.ms/SsT24i
266. http://bit.ly/OZfn8R
267. http://ind.pn/PXQaeO
268. http://bbc.in/PCTEQo
269. http://bit.ly/S1J8YD
270. http://bit.ly/PzWXdD
271. http://bit.ly/O9218m

llegar autobuses llenos de turistas y peregrinos de todas partes que acudían sólo para hacerse fotos con el cuadro restaurado,[272] hasta el punto de que se fletaron aviones para visitar el fresco (¿adivinas la compañía aérea?), las redes sociales se inundaron de homenajes al eccehomo,[273] la obra fue elevada a la categoría de icono pop por artistas de renombre,[274] e incluso hubo una recogida de firmas por internet para que no la devolviesen a su estado original.[275]

Difícil de creer que todo fuera casual. Insisto, defiendo la tesis de que detrás de toda esta operación hay un genio de la molestia. Porque, de nuevo, una molestia muy bien planificada se acaba volviendo más que rentable para quien la perpetra.

272. http://bit.ly/SFJHFH
273. http://bit.ly/R77xvL
274. http://bit.ly/NnWvug
275. http://bit.ly/OydIEb

Restauración del eccehomo del Santuario de la Misericordia de Borja.

OT 6. Galas 2-14

A lo largo de las siguientes galas, me preocupo de ir cubriendo los siguientes cinco objetivos:

1. Identificar, etiquetar y agrupar a los enemigos de Virginia

La consternación que se vivió en la primera gala es la llama a mantener viva sea como sea, para dejar claro y justificar que Virginia y yo hiciéramos frente común contra el resto del *establishment.* Concursantes como Iván, Sandra, Mimi, Tania S. y más tarde Pablo e incluso Chipper tienen sus más y sus menos con Virginia. Hay que ir a por ellos:

—Iván, primero de todo, felicita al tapicero que te ha hecho ese traje, porque realmente eres el primer concursante que viene vestido de sofá y eso ya te hace destacar.

—Sandra, buenas noches. Has interpretado una canción, si no me equivoco, de Greta y los Garbo que interpretaba con Bustamante. A mí me dan ganas de llamar a Greta y pedirle perdón en tu nombre, y mira, lo voy a hacer, voy a llamar a Greta. He llamado a Bustamante pero no me lo coge. (A Greta.) Hola, niña, ¿qué tal? Vamos a ver, tú cómo lo has visto (silencios), o sea, no la puedo nominar. Greta dice que es un elogio que hayamos elegido esta canción y que si no me equivoco, Greta, que cruzas la pasarela.

—Hola, Tania, te hemos mirado ahí en el escenario, te hemos estado mirando muy atentamente con tu compañero, con Manu, Manu estaba sentado en un plató y tú estabas sentada en un andamio.

—Pablo, has venido aquí a interpretar muchas cosas y eres igual de versátil, puedes hacer a veces una copla hasta hacer pop inglés, creo que eso es un arma de doble filo, te puedes convertir en una marca blanca y ¿sabes lo que es una marca blanca?, bueno, pues ya te lo explicaré..., en música es como si dijéramos un pianista de hotel, que da igual en el hotel que esté, pero que se adapta a todas las circunstancias...

—Otra cosa, en tu interpretación también sigues con la chepa, tenemos que decírtelo, que sigues siendo el jorobado de «OT», eso te

da cierta ventaja porque ya te da nombre artístico, te puedes llamar ChePablo.

—Buenas noches, Mimi. He dicho buenas noches. A mí contigo me pasa como con ciertas películas en las que no importa el argumento, ni siquiera los diálogos, y hay quien incluso se queda al final para ver si se casan.

—Sandra, lo más bonito que tienes ahora mismo es tu ausencia y lo más bello que ha salido de tu boca ha sido un silencio [...] Si esto fuese un concurso de pintores en el que nos dedicásemos a recrear la historia del arte, tú seguramente llevarías un rodillo.

—Hoy, perdona, pero es que no me he traído el diccionario de Sandra-Español, Español-Sandra, ¿eso que has cantado ahí era en inglés? [...] Hazme un favor, disimula y haz ver que tienes la educación que jamás recibiste [...] Sería mucho más adecuado, yo creo, cambiarle el acento y decir que más que cantar en inglés, has cantado con las ingles, porque es lo que has hecho hoy.

2. Evitar la victoria de Chipper

El mejor cantante de la edición también es el más simpático, el que mejor baila... y el de mayor edad y experiencia. Este aspecto es fundamental para mí a la hora de conseguir contrarrestar su peligrosa popularidad:

—La gente te ha salvado de estar nominado y te voy a decir por qué, porque ya aburres, eres el concursante del que siempre se puede esperar algo bueno, pero jamás algo sorprendente, a mí ya no me sorprendes. Yo te voy a hacer una pregunta y quiero que la pienses, no que la contestes, si tú estuvieras en el «Operación Triunfo» de tu país, ¿crees que estarías tan bien valorado? Piénsatelo.

—Tú, desde mi punto de vista, te has dedicado a hacer siempre lo mismo, que es lo justo para ir pasando, con lo cual hoy no te voy a dar una puntuación muy alta, creo que no te la mereces.

—En primer lugar, que yo no sabía que a ti también te pagaban por opinar sobre tus compañeros (aplausos y ovación), que yo no sabía que a ti también te pagaban por opinar sobre la mecánica de este concurso y que si no te gusta la mecánica de este concurso, te puedes ir. (Aplausos y ovación.) En una cosa te voy a dar la razón,

que igual es injusto que algunos compañeros continúen mientras otros se han ido, igual eso es injusto, pero no es mucho más injusto el hecho de que tú, a tus treinta y cinco años, necesites venir a un programa de televisión a pasear tu experiencia delante de compañeros que tienen diez años menos que tú (aplausos y ovación), diez años menos que tú. Yo adoro y alabo que respetes la música, te pediría que si realmente respetas la música, respetes en primer lugar a tus colegas y en segundo lugar a esa audiencia que está votando (aplausos y ovación), ése es el requisito básico, ésa es mi valoración de esta noche.

—Si pudiendo triunfar en Estados Unidos en un mercado de trescientos o cuatrocientos y pico millones de personas, ha preferido venirse aquí a uno de cuarenta, no dice demasiado a su favor.

3. Mantener a raya a la academia

Àngel Llàcer, director de la academia —y para muchos, brazo armado de Toni Cruz—, es otro de los obstáculos a los que tengo que hacer frente, básicamente porque desde muy pronto tomó partido en la confrontación contra el resto del mundo:

—Quiero retar a la academia a que el próximo que se queje, lo expulsen directamente. Que demuestren realmente si tienen el poder de echar a alguien, que hasta ahora no lo han demostrado.

—Querido Àngel, yo respeto a los alumnos como el que más; es más, les estoy diciendo cosas muchísimo más suaves de las que oigo fuera de este concurso y no voy a entrar en polémicas aquí porque creo que no es el lugar, pero te diré una cosa. Me parece un símbolo de respeto estar aquí cada noche y no haberme quedado en mi casa, que es lo que me apetecía.

—No puede ser que el director de la academia sea juez, parte y uno más de vosotros, no puede ser porque está visto que os subís a las barbas de todo el mundo. No puede ser que un grupo de alumnos practiquen *bullying* sobre uno de vosotros, sobre uno de los concursantes, no puede ser. No puede ser que un alumno insulte a otro impunemente y continúe sin ningún tipo de castigo dentro de la academia y, sobre todo, no puede ser que dentro de la academia no haya nadie, nadie que os cante las cuarenta, no puede ser, y

cantar las cuarenta significa a veces castigaros y nadie os ha castigado...

—Te agradecería que si yo no te digo cómo dirigir la academia, tú no me digas a mí cómo nominarles.

4. Poner en evidencia el dirigismo y la decadencia del formato

Nadie dentro de «OT» quiere que Virginia gane. Si la audiencia —única y real soberana de este *talent*— tiene que posicionarse a favor de alguien, tengo que conseguir que sea en contra de la maquinaria del programa:

—A quién se le ocurre muchas cosas, primero elegir un tema de Nirvana, ya sé que no es culpa tuya, ya, ya sé de quién es culpa; traer un tema de Nirvana a «Operación Triunfo» es como montarte una orgía de *teletubbies*, o sea, algo que no tiene ningún sentido.

—Esto es «Operación Triunfo» y aquí se puede triunfar de muchas maneras, lo has visto en algunos de tus compañeros, y algunos de ellos continúan reptando por algunos platós de Telecinco.

—Yo no sabía que mi compañera de jurado tenía tanto gusto por la necrofilia. Si hace unas cuantas galas profanamos la memoria de Kurt Cobain, hoy nos hemos dedicado a sodomizar a Jim Morrison a través del profiláctico de José Feliciano y ninguno de los dos tiene la culpa.

—Creo que es un ejercicio de irresponsabilidad hincharle las expectativas a cuatro chavales que dentro de muy poco van a tener que vérselas con un mundo real que es mucho más duro de lo que hay aquí dentro, suscribo lo que dije, porque creo que no les hacemos ningún favor comparándoles con Frank Sinatra y con grandes artistas cuando ellos todavía no son nadie, lo digo con todo el cariño.

5. Ayudar a Virginia a ganar

Sin lugar a dudas, Virginia fue la única responsable de convencer al público de «OT» para que le diera la victoria. Pero también es justo decir que a lo largo del concurso, siempre cuenta con mi incondicional ayuda. Los comentarios positivos serán muchos y muy variados.

Incluso cuando tengo que ser crítico con ella, me preocupo de dejar clara mi preferencia:

—Virginia, deja de pensar en el concurso, empieza a pensar en tus fans, vete de aquí lo antes posible y que alguien, por favor, te elija los temas, porque elegir *Creep* para una gala de «OT» no ha sido una buena idea.

—Virginia, mira, éste es quizá para mí, y te lo digo muy sinceramente, uno de los momentos más tristes desde que empecé a colaborar en «Operación Triunfo». Hoy te voy a nominar. Y no sabes cuánto me duele, porque por primera vez me siento avergonzado de haberte defendido. Sinceramente, creo que hoy la Virginia que nosotros conocemos o que yo defendía no ha aparecido por ningún lado, creo que has estado en una tesitura que te iba muy mal, has estado demasiado aguda, con una voz casi de pito, y tú no tienes una voz de pito. Ha sido desagradable verte en el escenario. Pero es que lo peor es que me temo que se puede confirmar que seas el primer yogur de «Operación Triunfo». Un producto que cuando lo sacas de su nevera, a una temperatura ambiente..., se estropea.

—Yo te voy a pedir una cosa, ya sabes que vas a cruzar la pasarela, aguanta, resiste, pasa de lo que te digan los profesores, los compañeros, pasa de todo el mundo, tú tienes un instinto que has demostrado hoy aquí, pasando de todos ellos y haciendo lo que te gusta, sigue así.

—Virginia, tengo una noticia para ti. Tú vas a poder hacer algo que no van a poder hacer muchos de tus compañeros, que es grabar un disco.

—Virginia, a ti y a mí nos pasa algo muy similar, que es que no tenemos punto medio. Yo, o caigo muy bien, o soy detestado, y a ti de alguna forma te pasa algo parecido con los temas, o te sales directamente, o pasa como hoy, que nos hundes en la más absoluta de las miserias (ovación y aplausos). Hoy no ha sido tu mejor noche, hoy no ha sido tu mejor noche y, además, quiero y deseo que tus fans reconozcan cuándo lo haces bien y cuándo no lo haces bien (ovación y aplausos), pero fíjate que para mí eso es bueno, es hasta deseable, prefiero tener una vida con altibajos emocionales, con las mejores y

las peores emociones, que una vida como muchos de tus compañeros, mediocremente estable.

—Este programa está claro que lo va a ganar Virginia, yo no sé por qué continuamos haciendo galas.

Paso 5
Dispara tu molestia (dónde)

Tanto gilipollas y tan pocas balas.

FORD FAIRLANE

Di la verdad, pero márchate en seguida.

PROVERBIO ESLOVENO

Ya tenemos lista nuestra molestia. Ya sabemos con qué, contra quién, cómo y cuánto molestar. Sólo nos queda **el quinto y último paso del Método Annoyomics©**, que es disparar. Y como en todo disparo, una vez elegida la dirección (que obviamente será hacia donde se encuentre nuestro enemigo), hay dos variables importantes a tener en cuenta: una es el efecto y la otra la potencia. Veamos primero el efecto.

La verdad es que ya hemos visto suficientes y variados ejemplos como para intuir que existen múltiples características con las que podremos dotar a nuestro proceso molestador.

Sin embargo, existen ciertos matices finales que le añadirán algo de efecto a nuestra molestia, haciéndola muchísimo más letal. Algunos los llamarán medios, otros recursos; yo prefiero fijarme en los puntos fuertes que hay detrás de cada uno de ellos. Basándome en el libro *What Technology Wants* del gurú de la época digital y fundador de la revista *Wired* Kevin Kelly, podría extraer

—adaptadas aquí a nuestra estrategia de molestia— algunos efectos para ser aún más molesto:[276]

1. **El efecto inmediatez**, ser el primero que molesta. La campaña «Amo a Laura» de Tiempo BBDO para MTV[277] fue exitosísima en nuestro país, una campaña que revolucionó la industria publicitaria digital, y por cierto una campaña ciento por ciento de molestia, pues recordemos que su *claim* publicitario era «No mires MTV». A partir de ese momento, todo anunciante que se preciase quería producir su propio viral. De pronto, parecía que se podían generar vídeos caseros a un coste ridículo que correrían como la pólvora por internet. Uno de los grandes valores de esa campaña fue lograr ser los primeros que engañaron a la audiencia y a los medios, «colándoles» un contenido con una campaña dentro, fórmula que no ha hecho más que reproducirse (el escaño de ZP)[278] cada vez con peores resultados. La gente aprende, la gente pierde la ingenuidad y la gente ya no se cree que un vídeo ocurrente se haya hecho de forma casera y sin una marca detrás (aunque a veces siga siendo así). Lo que los creativos de Tiempo BBDO hicieron fue ser los primeros en molestar, y les salió francamente bien.

2. **El efecto personalización**, esta molestia está hecha para ti y sólo para ti, para que te sientas de lo más especial cuando yo te la dispare. Es el efecto clásico de las cartas abiertas. El destinatario se molestará sólo por ver que se le ha dedicado un mensaje público para él y sólo para él. «Yo seguiré jugando cuando vuestras madres os echen de su sótano y tengáis que vender vuestra consola y conseguir un trabajo de verdad», ésta fue la cariñosa respuesta que la actriz Aisha Tyler les dedicó a algunos de sus antifans. Fue toda una dedicatoria a los que días atrás se habían dedicado a criticar el papel de Tyler como presentadora de la marca Ubisoft en

276. http://amzn.to/9zp9XO
277. http://bit.ly/HP94D
278. http://bit.ly/2xpqfB

el E3, el mayor congreso de videojuegos del mundo. Por lo visto, muchos pusieron en duda la legitimidad de la estrella de Hollywood, ante lo cual no sólo contestó con una carta de más de quinientas palabras cariñosas,[279] sino que además, lo hizo con la sana intención de vengar una molestia... con otra.

Página web de Wikileaks.

3. El efecto autenticidad, molestar de verdad... con la verdad. Dos hombres que valen su peso en molestia, Julian Assange y Bradley Manning, han puesto en jaque la mismísima credibilidad de los servicios de inteligencia de los países más poderosos del planeta, y lo han hecho destapando documentos confidenciales y poniéndolos al alcance de la humanidad a través de la página web Wikileaks.[280] Da igual si lo que hacen es bueno o no para la seguridad de la civilización occidental, lo más importante es que parten de una premisa de la que no pueden presumir sus oponentes: ellos

279. http://bit.ly/LG43de
280. www.wikileaks.org

quieren contar la verdad. Y eso les hará muy molestos y muy admirados... mientras duren.

4. El efecto accesibilidad, ser la molestia más disponible. Un diseño controvertido no es lo mismo que un diseño controvertido disponible en cientos de puntos de venta en todo el mundo. En 2012 la marca alemana de calzado y ropa deportiva Adidas se vio obligada a retirar y pedir perdón por su intención de fabricar las «JS Rounhouse Mid»,[281] un modelo diseñado por el artista Jeremy Scott y que básicamente consistía en unas zapatillas con unos grilletes de esclavo incorporados, y para más inri de color naranja. Las fotografías de las zapatillas incendiaron Facebook desde el momento en el que fueron publicadas, la gente empezó a atacar a la marca por frivolizar con temas tan delicados como la esclavitud y la marca acabó emitiendo un comunicado en el que se defendía aduciendo que el calzado «no es más que el fruto del **punto de vista único y extravagante** sobre la moda del diseñador Jeremy Scott y no tiene nada que ver con la esclavitud». Lo más curioso del asunto fue que el proyecto llevaba meses en marcha y en preparación, y no fue hasta que fueron accesibles las fotos en las redes sociales cuando la gente se rebeló ante la molestia. Sí, en ocasiones la molestia también sirve para perder dinero.

5. El efecto corporeidad, ser la molestia más tangible. Santiago Sierra[282] es un reconocido artista español afincado en México cuyas instalaciones han tenido muchísima repercusión mediática, hasta el punto de ganar el Premio Nacional de Artes Plásticas, galardón al que se permitió el lujo de renunciar en 2010 por «instrumentalizar en beneficio del Estado el prestigio del premiado».[283] Pero ninguna de sus instalaciones ha tenido tanta repercusión como la presentada en el marco de la XV edición del festival

281. http://bit.ly/RkJ1aD
282. http://bit.ly/RrJTj
283. http://bit.ly/beO7ty

de fotografía PhotoEspaña.[284] Haciendo uso de la tecnología del Image Fulgurator patentada por el joven artista alemán Julius Von Bismark, el gran *NO proyectado sobre el Papa* consistía en una proyección de un enorme NO sobre el plató de las Jornadas de Juventud celebradas en Madrid, y por tanto sobre el papa, sólo en el momento en el que se disparaba algún flash y sólo mientras éste duraba, con lo cual era imperceptible al ojo humano, pero no al fotográfico.[285] Una molestia imperceptible para la seguridad del evento, pero muy pero que muy tangible para cualquiera que se dispusiera a publicar las fotos, y una maravillosa forma de saltarse la seguridad y a los partidarios del papa allí concentrados. Una molestia troyana.

6. El efecto moda, ser la molestia más *cool*. O dicho a la inversa, si no logras ser *cool*, si tu molestia no crea tendencia, no estás molestando, sino haciendo el payaso. En mi opinión (e insisto, es mi opinión), éste es el caso de Jimmy Jump, un tipo que molesta y mucho cada vez que interrumpe un acto público para aparecer con su barretina, su camiseta y su cara de estar haciendo algo muy divertido. Una moda molesta que pasará, espero que pronto. No me malinterpretes, que cada uno haga la protesta que quiera como y donde quiera. No entro a valorarlo desde un punto de vista moral, ni siquiera sobre lo que reivindica o sobre la tienda *online*[286] que tiene montada a costa de sus interrupciones. Lo que sí creo —y conozco— es que una molestia es más efectiva cuanto más tendencia se vuelve. Los *flashmobs*[287] también interrumpen la vida cotidiana, y sin embargo han logrado convertirse en algo *cool*, en algo que crea tendencia y por tanto, tiene un valor cultural, coyuntural y perecedero, sí, pero valor al fin y al cabo.

7. El efecto preferencia, ser el primero que aparece en Goo-

284. http://bit.ly/KDinFU
285. http://bit.ly/qQvguI
286. http://www.jimmyjump.com/
287. http://bit.ly/Rrud3

gle. En Cataluña, en abril de 2010 se presentaba el eslogan del candidato del PSC José Montilla a su improbable reelección como *president* de la Generalitat. La frase, acuñada seguramente por un ejército de publicistas y estrategas, decía así: «*Segueixo creient*», que en español significa «Sigo creyendo». Los periodistas que acudieron al mitin de presentación del eslogan, cuando llegaron a sus redacciones y escribieron en Google la frase, descubrieron asombrados que lo primero que aparecía era: «Quizá quiso decir: *segueixo caient*». O lo que es lo mismo, «Sigo cayendo». Evidentemente, esto y no otra cosa fue lo que destacaron los periodistas.[288]

La segunda variable a la hora de disparar la molestia es la potencia del disparo. Existen tres maneras de graduarla: su inevitabilidad, su imprevisibilidad y su imprescindibilidad. Veamos cada una de ellas por separado.

288. http://bit.ly/VjKycp

5.1. Inevitable

> El hombre sabio contempla lo inevitable y decide que no es inevitable... El hombre común contempla lo que no es inevitable y decide que es inevitable.
>
> ZHUANG ZI

> El hombre común contempla al sabio y decide pasar de él.
>
> RISTO MEJIDE

A la hora de graduar la potencia del disparo, ante todo debemos asegurarnos de que lo hacemos de forma ineludible. Nuestro enemigo tiene que sufrirla sin opción a escapar de la molestia. En la medida que consigamos acorralar a la víctima, más potente será nuestra molestia. Es mucho más fácil acertar con el objetivo si lo tenemos contra una pared y casi sin posibilidad de movimiento. Y para los que aún se pregunten cómo hacerlo, otra forma de decir inevitable es «oficial».

El 6 de mayo de 2012 será un día muy difícil de olvidar para el Comité Olímpico Español (COE). Ese día, de manera oficial y con todo el bombo y platillo del que fue capaz, el organismo presentó ante la opinión pública la que muy pronto se convertiría en una de sus peores pesadillas. Ese día, fue presentada por todo lo alto la equipación olímpica española para los Juegos de Londres 2012.

Para empezar, la operación fue calificada de robo y expolio, por haber encargado el diseño a una empresa rusa, Bosco Sports, y no a una española, como mucha gente defendía. Según el presidente del COE, Alejandro Blanco, la polémica por la procedencia de la empresa adjudicataria no estaba justificada: «Nos volvemos locos aquí,

pero a Francia la viste Adidas. Esta polémica no puede ser real».[289]

En segundo lugar, los diseñadores españoles y la industria nacional de la moda se mostraron muy molestos por no haber aprovechado la ocasión para reivindicar el diseño y la moda española en todo el mundo. La Federación Española de Empresas de la Confección (Fedecon) y la Asociación de Creadores de Moda de España (ACME) llegaron a emitir un comunicado en el que expresaron «su más enérgico rechazo» al uniforme de los deportistas españoles.[290] Según declaró Ángel Asensio, presidente de Fedecon: «Teniendo seis millones de parados y una crisis económica que los medios internacionales recuerdan a diario, escoger una firma extranjera para elaborar la equipación de los Juegos de Londres transmite la imagen de que no tenemos creatividad ni capacidad empresarial para hacerlo nosotros mismos».[291]

Pero estos dos puntos no fueron nada al lado del verdadero problema, pues lo que más encendió a todo el mundo y lo convirtió en verdadera molestia, fue su diseño. Desde el primer minuto, la estética del uniforme despertó todo tipo de críticas, mofas y hasta parodias,[292] algo que en España nunca falta. «No es para ir a por el oro, es para ir a robar cobre», bramaban las redes sociales; «Pedirle a un rival que te cambie la camiseta y ver el pánico en su cara», y mensajes de nivel de cachondeo similar circularon como la pólvora por internet. Incluso los mismos deportistas que tenían que lucir la indumentaria no pudieron contener su rechazo. Carlos Moyá se reía de Feliciano López por no haberse puesto «algo tan feo en su vida»; y Saúl Craviotto, medalla de oro de piragüismo en 2008, estuvo más que de acuerdo: «Son muy feas. No tienen una

289. http://mun.do/M72XXt
290. http://mun.do/Kvkqpj
291. http://bit.ly/Q7a02H
292. http://mun.do/M72XXt

estética nada latina, parecen más bien de un país del Este».[293] La tenista valenciana Anabel Medina escribió el siguiente tuit: «Con la ropa de las olimpiadas vamos a parecer las azafatas de Singapore Airlines»; e incluso deportistas que no acudirían a los Juegos Olímpicos, como el piloto Héctor Barberá, mostraron su descontento: «¿Es una broma lo del chándal olímpico? Que vamos a las Olimpiadas, no a los carnavales».[294]

El presidente del COE, Alejandro Blanco, con el presidente de Bosco Sports, Mikhail Kusnirovich, junto a la equipación olímpica española diseñada por esta marca.

Pues bien, sin contar los 1,7 millones que se ahorró el COE en la fabricación de los uniformes, los 6,5 millones que pagó la compañía rusa al Comité Olímpico por incluir los aros olímpicos en su

293. http://bit.ly/Q7a02H
294. http://bit.ly/11D2Qf0

equipación,[295] ni los 250.000 mil euros que ingresó en concepto de patrocinio directo de Bosco al equipo español, tanta molestia acabó repercutiendo en unas ventas escandalosamente positivas. Y es que tanta publicidad negativa, como no podía ser de otro modo, se vio recompensada. Como afirmaban poco después los dependientes de la tienda Bosco en Londres: «Sabemos que en España existe una gran polémica sobre estos uniformes. Pero **desde que se ha empezado a hablar de ello en la prensa, han aumentado las ventas**».[296] Al final, la equipación española fue la más vendida del local, hasta tal punto que **se agotaron las existencias**.[297]

A partir de ahora, antes de disparar, pregúntate cuál de tus disparos será más inevitable. Mejor un uniforme oficial que una huelga general. Mejor una huelga general que una simple huelga. Mejor una simple huelga que una ocupación. Mejor una ocupación que una manifestación. Mejor una manifestación que una huelga de hambre. Mejor una huelga de hambre que una protesta. Y así sucesivamente.

OT 6. Gala 15

La gala final de la sexta edición es la gala final más seguida por la audiencia de los últimos años, con un fabuloso 34,4 por ciento de *share*. Todo el mundo —y el primero, cierto miembro del jurado— quiere saber si la niña azul se alzará con la victoria.

Cuando faltan dos minutos para anunciar el ganador, decido abandonar el plató.

Surgen toda clase de especulaciones sobre mis motivos para haberme ido. Que si se ha peleado. Que si lo han echado. Que si estaba preparado. Que si ha sido un desaire. Que si soy ciclotímico. Que sí. Que no. Que caiga un chaparrón.

295. http://bit.ly/MUzGNX
296. http://bit.ly/QSfDac
297. http://bit.ly/MCNRd4

Al día siguiente, hasta los informativos de Telecinco, con Piqueras al frente, abren las noticias con un «¿Dónde está Risto?» entre sus titulares.

La verdad es que me voy a mi casa porque ya no tengo mucho más que decir.

A pocos metros de allí, Virginia se alza con la victoria gracias al 55 por ciento de los votos.

5.2. Imprevisible

> El enemigo debe ignorar dónde me propongo librar la batalla, porque si lo ignora, deberá estar preparado en muchos puntos diferentes, y serán poco numerosos los efectivos que se encuentren en cada uno de estos puntos.
>
> SUN TZU

El segundo elemento que define la potencia de la molestia es la imprevisibilidad con la que la disparemos. **Ser imprevisible no es un valor, es EL valor de la molestia**.

Tomar al enemigo por sorpresa es la mejor estrategia para sorprender al adversario. Es la estrategia detrás de cualquier molestia, pero también detrás del sentido del humor y de la construcción de cualquier chiste. En 1994, Edward de Bono describió como nadie el mecanismo imprevisible de ruptura de pautas al que conocemos como humor: «Cuando nos cuentan un chiste, nos colocamos primero en el camino principal. De pronto somos desplazados al final del desvío e inmediatamente vemos el camino que podríamos haber tomado».[298]

Pues bien, la buena molestia funciona exactamente del mismo modo. Si yo esta noche te dijese que un mosquito aparecerá en tu habitación para desvelarte, es muy probable que te prepares con repelente e insecticida. Pero es mucho más molesto si de pronto, a las tres de la madrugada, sin venir a cuento, escuchas el molesto zumbido junto a tu almohada, y te pilla desprevenido. Al final, tendrás que levantarte a por el insecticida, y la molestia será mucho mayor.

Es tan sencillo como que si es previsible, es más evitable que si no lo es, y por tanto estaremos subvirtiendo los pilares de la buena molestia. Tenemos que molestar cuando menos se nos espera, y del modo que menos se nos espere.

298. Edward de Bono, *El pensamiento creativo*, Paidós, 1994.

Esto es lo que debió de pensar José Luís Rodríguez Zapatero, a la sazón presidente del Gobierno, en el plató número 1 de los estudios de RTVE la noche del 27 de marzo de 2007.

Por primera vez en nuestra historia, cien ciudadanos anónimos tenían la oportunidad de preguntarle directamente a su presidente las más variadas cuestiones, y podían hacerlo ante toda España.

El presidente se preparó a conciencia esa intervención, consciente de la relevancia del momento. Según explicaron todos los periódicos, estaba más que preparado para cualquier pregunta sobre empleo, economía, inmigración, terrorismo, política territorial, autonomías, etc.

Curiosamente, fue justo lo que no supo prever lo que saltó a las portadas de los diarios nacionales e internacionales. La pregunta más molesta, la que lo dejaba en evidencia, y que, por supuesto, fue la más inesperada fue la que ocupó los titulares del día siguiente:

—¿Cuánto vale un café en la calle? ¿Sabe usted contestarme?

La cara del presidente fue todo un poema, la respuesta un tanto desatinada, pero lo peor de todo fue que el país entero pudo comprobar lo poco que sabía sobre la vida cotidiana de sus representados. Nada puede haber más molesto que semejante evidencia.

Algo parecido debieron de pensar los asistentes a la gala anual de los Globos de Oro en Los Ángeles el 17 de enero de 2011. Lo que uno espera en este tipo de acontecimientos es que el presentador haga cuatro chistes inocuos y se dedique simplemente a eso, a dar paso a los diferentes premios.

Sin embargo, ésa no era la idea que tenía Ricky Gervais. Gervais hizo referencia a los supuestos sobornos a miembros de la organización de los premios (Asociación de la Prensa Extranjera de Hollywood); cargó contra Johnny Depp y Angelina Jolie.

«Parece que todo este año era en tres dimensiones, excepto los personajes de *The Tourist*», así como contra la película que coprotagonizaron ese año: «Me siento mal por esa broma. Les diré por qué. No he visto la película, pero ¿quién lo ha hecho? Debe de ser

buena porque está nominada, así que cállense, ¿ok?»; se desahogó bien con una atónita Cher: «¿Llevar a alguien a un concierto de Cher es un soborno? ¿La quieren ir a ver? No. ¿Por qué? Porque no estamos en 1975»; calificó a Hugh Hefner de «muerto viviente», como si fuese un zombi más de la serie *The Walking Dead*; habló sobre la supuesta homosexualidad de John Travolta y Tom Cruise como miembros de la Iglesia de la Cienciología, y afirmó que Bruce Willis era «el padre de Ashton Kutcher».[299]

Las cámaras que paseaban por el auditorio Kodak de Los Ángeles reflejaban las caras de estupor y de miedo; como si se tratase de una ruleta rusa catódica, todos y cada uno de ellos sonreía con cara de circunstancias pensando «¿Me va a tocar a mí?». Y el espectador disfrutando en casa de comprobar en directo que los más guapos y ricos del planeta también sufren.

Gervais eligió el lugar más inesperado del mundo para lanzar su honestidad a bocajarro: delante de las narices de sus propias víctimas, algo, como se puede comprender, extraordinariamente molesto y que, de nuevo, dio la vuelta al planeta como ninguna otra gala de los Globos de Oro lo había hecho en muchos años. En suma, para molestar mucho y hacerlo bien, es importante saber sorprender.

Como bien sabe el jugador de ajedrez, tres son las preguntas básicas que nos deberemos hacer siempre que queramos resultar imprevisibles:

1. Qué quiero conseguir.
2. Cómo cree el entorno que lo voy a hacer.
3. Cómo lo voy a conseguir.

En la medida que las respuestas 1 y 3 sean tan dispares como coherentes entre sí, estaremos haciendo lo que nadie espera... para conseguir nuestros objetivos.

299. http://bit.ly/YNWhXa

5.3. Imprescindible

> Quien puede ser sustituido por una máquina, eso es que realmente lo merece.
>
> ALFONS CORNELLA

En noviembre de 1948, Soichiro Honda fundó una pequeña empresa llamada Honda Motor Company bajo una filosofía que poco o nada tenía que ver con la venta de motores ni de automóviles, ni siquiera con la ecología o con los medios de transporte. Su lema fundacional fue tan sencillo como contundente: «Trabajemos para ser una compañía que la sociedad quiera que exista». Toma ya. Ahí es nada.

Salvando el inmenso abismo entre un gurú y yo, tengo que decir que comparto al ciento por ciento esa visión. Creo que cualquier emprendedor que propone cualquier cosa debería tenerla en cuenta. El verdadero éxito no consiste en que tu producto/personalidad tenga más o menos aceptación en el mercado/entorno; el verdadero éxito consiste en que los demás deseen que existas y en que estén convencidos de que si no existieras, sin lugar a dudas, habría que inventarte. De ahí mi definición de éxito: que aquellos a los que has decidido admirar, algún día, te admiren a ti.

Piensa en la cantidad de empresas/personas que son perfectamente prescindibles. Y ahora piensa en la cantidad de empresas/personas de las que te gustaría poder prescindir de una vez por todas, y para siempre.

Así, no es de extrañar que la mayoría de empresas se hayan visto obligadas a repetirnos una y otra vez que existen, que son muy simpáticas, muy nuevas, muy necesarias y tremendamente deseables. Nace así el concepto tradicional de publicidad.

Como asegura el gran maestro, amigo, ex jefe, gurú y publicitario Toni Segarra: «La publicidad es el precio que hay que pagar por

carecer de un producto memorable».[300] Es el lenguaje de la urgencia, del maquillaje, del «por fin», del «nuevo» y del «ahora». Un lenguaje cada vez más obsoleto que aún no ha entendido que «la transparencia es la nueva objetividad», como dijo David Weinberger. Un lenguaje tan prescindible, previsible y desgastado que ya casi nadie se cree, porque ya casi nadie lo escucha.

Si no eres mejor que el silencio, eres molestia, sí, pero molestia de la mala. Si no propones nada más interesante que lo que se estaba diciendo, eres interrupción. Y ya se sabe lo que pasa con toda molestia e interrupción. Que en cuanto dotas al consumidor de tecnología (poder para evitar una molestia mala), no se lo piensa dos veces y aplaude con las orejas mientras te elimina de su vida. Da igual que sea creándose un *playlist* en su iPod, haciendo clic en «saltar intro», instalándose un *software* que elimine los molestos *pop-ups*, pasando los anuncios con el mando de su DVD o convirtiendo una TVE sin anuncios en la cadena líder indiscutible de audiencia.

Y ¿cómo se hace eso? ¿Cómo se consigue que la sociedad quiera que existas? Lo has adivinado, molestando.

Lo hemos visto: buscando una rareza, una causa y un enemigo. La combinación de las tres será la que determine.

Y eso que una profesora de primaria siempre decía: «Nadie es imprescindible, pero todos somos irreemplazables».

Dice Godin: «**Es totalmente posible que una vez hayas decidido hacerte imprescindible, dejen de quererte**. No por parte de los mismos que ahora te quieren, quizá, y no por los mismos motivos. Pero (y sé que es un "pero" importante), **o bien acabarán volviéndote a querer o, de entrada, nunca te quisieron**».[301] Por eso Godin es un gurú, y tú y yo no lo somos.

300. Él afirma que no es suya la frase, pero como nunca recuerda quién se la dijo, se va a tener que aguantar con la atribución. Además, con la cantidad de tuits que se reenvían hoy en día sin mencionar la fuente, será por plagio.

301. Godin, op. cit.

OT 7. GALA 10. Martes, 7 de julio de 2009

—Como te ha dicho mi compañera, cada vez abres más los ojos y cierras más la boca. Tío, yo te entiendo, en esta academia tendría mucho miedo de dejar los orificios abiertos. Me gustaría pensar que ese apoyo que tienes no depende del dinero público de tu ayuntamiento y no lo estamos pagando todos. Más que nada porque eso quiere decir que me debes dinero. En cuanto a tu actuación, sigues en duda, sigues en pie.

—Nos tenemos que ir a publicidad pero, lo siento, Risto, tengo que protestar porque me parece un gesto homófobo que no me ha parecido bien y que se suma a algunos gestos feos con Noe...

—¿Perdón? Disculpa una cosa, los heteros también tenemos orificio. No me tachas de homófobo y te vas a publicidad, ni de coña. Y te diré otra cosa, y te lo digo igual a ti que a mis amigos gays, me molesta muchísimo esta hipersensibilidad de los gays de que por cualquier cosa os sentís aludidos, lo siento pero no iba por ti.

—Pero si es que yo no me he sentido aludido, si es que cuando uno es grosero, es grosero.

—Ya puedes dar paso a publicidad.

—A mí no me digas lo que tengo que hacer en **mi programa**, *guapo, eso para empezar, ¿eh? A ver si vamos a tener la fiesta en paz tú y yo. Insisto, me ha parecido grosero lo que le has dicho a Noemí Galera, feísimas las cosas que le has dicho, fuera de lugar, homófono, misógino y muchas cosas más. Y ahora sí, como es cuando yo lo digo, nos vamos a publicidad.*

—Como comprenderás, después de la lista de improperios que has lanzado no puedo quedarme callado.

—Ya, pero yo no quiero discutir contigo, conmigo no va, es mi opinión.

—Sin duda, pero si tú vas a hacer de jurado de este programa también...

—No, yo no voy a hacer de jurado, yo digo lo que pienso como presentador y conductor de este programa, y digo lo que quiero decir a quien quiero decir en cada momento, y si no te gusta, ¡te largas!

—Ya lo he hecho.

—Pues lárgate ya.

—Ya lo he hecho, me repetiría, ya lo he hecho.

—*Vete a cagar, como dice Àngel, lárgate ya, tío, déjame en paz, no quiero discutir más contigo, ¿quieres seguir valorando el programa?*

—Por supuesto, por supuesto...

—*Ése sí que es tu trabajo.*

—Me vas a tener que escuchar.

—*Valoras a Patricia o te largas, estoy muy harto ya de estas tonterías, Risto, estoy harto, harto, y ya está. ¿Quieres valorar o no quieres valorar?*

—Por supuesto que la voy a valorar pero me vas a tener que escuchar, lo siento de verdad.

—*Es que no me importa nada lo que me tengas que decir.*

—Pero como el tiempo es mío ahora, te voy a decir que, por favor, te limites a presentar el programa y que no sigas juzgando lo que hagamos nosotros.

—*Que a mí tú no me dices a lo que me tengo que limitar...*

—Porque a ti te pagan para presentar...

—*Tú no eres quien tiene que decir...*

—Y tú tampoco eres la persona que me tiene que decir nada...

—***Tú eres el pinche jurado de este programa y a ti sí que te dicen unos señores cuándo te reúnes, qué tienes que decir y a quién, así que dilo de una puñetera vez y lárgate ya, ¡pesao!***

—**Nunca nadie** ha puesto en mi boca **nada**, y yo no tengo problema, de verdad, entiendo que tengas un Christian Gálvez que presenta *Supervivientes* que te pisa los talones...

GALA 11. Martes, 14/7/09

El presentador abre la gala leyendo una nota: «*Telecinco ha decidido prescindir de la participación de Risto Mejide como miembro del jurado de este programa. Decisión que comparte la dirección de "Operación Triunfo". Telecinco hará pública mañana una nota donde explicará con detalle los motivos de la decisión.* Y ahora, vamos a dar paso a los verdaderos protagonistas del programa, los concursantes».

Inmediatamente después de terminar la intervención, una parte numerosa del público expresa su veredicto: abuchean la decisión y corean el nombre de «Risto» en repetidas ocasiones.

GALA 12. Domingo, 19/07/09

«... Las dos últimas galas del concurso, ya sin Risto Mejide, obtuvieron unos pésimos datos. La semifinal fue la tercera opción de la noche con un 15,6 por ciento y 1.894.000 espectadores, mientras que la final se convirtió en la menos vista de la historia del *reality* con un 19 por ciento y 2.268.000 espectadores.»[302]

Septiembre 2010. Un visionario

«Jesús Vázquez ha criticado duramente a Mejide en una entrevista con la revista *Diez Minutos*. "Creo que el programa [OT] irá mejor sin él [...]", ha confesado el gallego a la revista *Diez Minutos*.»[303]

15 Febrero 2011

«La sorprendente decisión de cancelar "Operación Triunfo" llega precedida por las discretas audiencias que ha cosechado esta edición, que iba a suponer el regreso del formato a sus orígenes. En "OT 2011", Nina volvió al frente de la Academia de "OT". El programa estrenó también presentadora, Pilar Rubio, muy cuestionada [como si ella tuviese alguna culpa]; además de prescindir de Risto Mejide, jurado estrella de las pasadas ediciones.»[304]

302. http://bit.ly/PYZApt
303. Ibídem.
304. http://bit.ly/VvPSiK

TERCERA PARTE

Conclusión

Molestar[305] vende.

305. Molestar bien.

Bibliografía

ASHE, PENELOPE, *Naked came the stranger*, Open Road, 1969.

BEIGBEDER, FRÉDÉRIC, *13'99 euros*, Anagrama, 2000.

BLANTON, BRAD, *Honestidad radical: cómo transformar tu vida diciendo la verdad*, Planeta, 2008.

BONO, EDWARD DE, *El pensamiento creativo*, Paidós, 1994.

BRYSON, BILL, *En casa*, RBA, 2011.

CELDRÁN GOMÁRIZ, PANCRACIO, *El gran libro de los insultos*, La Esfera de los Libros, 2008.

CHUA, AMY, *Battle Hymn for the Tiger Mother*, Penguin Press, 2011.

CRICHTON, MICHAEL, *Estado de miedo*, Random House Mondadori, 2004.

CUBEIRO, JUAN CARLOS y GALLARDO, LEONOR, *El Código Mourinho*, Alienta Editorial, 2012.

DAWKINS, *El espejismo de Dios*, Espasa Libros, 2007.

EHRENREICH, BARBARA, *Bright-Sided. How to the relentless promotion of positive thinking has undermined America*, Metropolitan Books, 2009.

FERRER ARPÍ, J. M. y PONTI, FRANC, *Si funciona, cámbialo*, Gestión 2000, 2010.

GODIN, SETH, *¿Eres imprescindible?*, Gestión 2000, 2010.

Goodson, Scott, *Uprising*, McGraw-Hill, 2012.

Gore, Al, *Earth in the Balance: Ecology and Human Spirit*, Houghton Mifflin, 1992.

Heath, Joseph y Potter, Andrew, *Rebelarse vende*, Taurus, 2005.

Kapferer, J. N., *The New Strategic Brand Management*, Kogan Page, 2008.

Kelly, Kevin, *What technology wants*, Viking, 2010.

Lindstrom, Martin, *Así se manipula al consumidor*, Gestión 2000, 2011.

Lindstrom, Martin, *Buyology: verdades y mentiras de por qué compramos*, Gestión 2000, 2010.

Mansbach, Adam, *Duérmete ya, ¡joder!*, Mondadori, 2011.

Marina, José Antonio, *Elogio y refutación del ingenio*, Anagrama, 1992.

Markova, Dawna, *The open mind*, Connari Press, 1996.

McKee, Robert, *El guión*, Alba Editorial, 2003.

Ovejero, José, *La ética de la crueldad*, Anagrama, 2012.

Palca, Joe y Lichtman, Flora, *Annoying, The Science That Bugs Us*, John Wiley & Sons, Inc., 2011.

Polo, Fernando y Polo, Juan Luis, *Socialholics*, Gestión 2000, 2012.

Rifkin, Jeremy, *The Empathic Civilation: the race to global concienciousness in a world in crisis*, Penguin, 2009. Versión en castellano de Genís Sánchez Barberán y Vanesa Casanova Fernández, *La civilización empática: la carrera hacia una conciencia global en un mundo en crisis*, Paidós Ibérica, 2010.

Simove, Sheridan, *What Every Man Thinks About Apart from Sex*.

Sternberg, Robert J. y Sternberg, Karin, *La naturaleza del odio*, Paidós, 2010.

Torres, Pep, *El arte del ruido*, Plataforma Editorial, 2011.

Toscani, Oliviero, *Adiós a la publicidad*, Omega, 1995.

Tzu, Sun, *El arte de la guerra*, Editorial EDAF, 2008.

Vargas Llosa, Mario, *La civilización del espectáculo*, Alfaguara, 2012.

Índice de nombres

Este libro fue puesto a la venta
un 20-N de 2012. Había fechas mejores,
pero no más molestas.